軍神皇子と翡翠の少年、
焔《ほむら》の寵愛

軍《ぐん》神《しん》皇《おう》子《じ》と翡《ひ》翠《すい》の少《しょう》年《ねん》、焔《ほむら》の寵《ちょう》愛《あい》

深《み》月《つき》ハルカ

ILLUSTRATION：円《まる》之《の》屋《や》穂《ほ》積《づみ》

軍神皇子と翡翠の少年、焔の寵愛

LYNX ROMANCE

CONTENTS

軍神皇子と翡翠の少年、焔の寵愛

花南《かなん》国は、穏やかで湿潤な気候の国だ。首都には無数の寺院が建立され、王も民も深く教えに帰依している。そして、隣接する大陸の大帝国・北窯《ほくよう》の属国だった。

この日、北窯の皇太子、天焔《てんえん》は花南の王宮を訪れていた。

運河で囲まれた石造りの白い王宮は木々に彩られている。柱という柱に細かな細工が彫り込まれ、宮殿の四隅は渡り廊下で繋《つな》がれ、天に向かう豊穣《ほうじょう》の実をかたどった塔がそびえる。磨き抜かれた石床には、集まった王侯貴族の鮮やかな衣装が映り込んでいた。

花南王をはじめ、諸侯は最前列で恭しく両手を合わせて拝礼する。数段上の玉座には、天焔が座していた。

「天焔殿下にはおみ足をお運びいただき、恐悦至極に存じます」

「うむ。噂《うわさ》に聞いた通り、貴国は麗しく美しい国だ」

穏やかな表情の老王が、皺《しわ》を刻んで微笑《ほほえ》んだ。

「北窯の鳳雛《ほうすう》をお迎えできましたことは、我が国にとっても光栄なことでございます」

父・淳巌帝《じゅんげんてい》の第一子である天焔は、十六で軍を率いてから十年間、諸皇子を大きく引き離して負けなしの軍功を重ねてきた。勇猛果敢かつ聡明《そうめい》な指揮で配下の信頼も篤《あつ》く、父帝から諸侯まで、高い期待を寄せられている。

武勲だけでなく、その容姿も人々を惹《ひ》きつける要素だ。

波打つ黄金の髪は陽《ひ》の光を弾《はじ》いて、さながら豪華な鬣《たてがみ》のようだ。紅玉《ルビー》を思わせる瞳は、苛烈に燃える炎を思わせる。気品とともに、意志の強さを窺《うかが》わせる容貌だが、どこか涼やかでもあり、覇気のある笑みを見せられると、人々はつい傅《かしず》いてしまう。

身分は皇太子だが、玉座にゆったりと構えた姿は、すでに帝《みかど》の風格を漂わせていた。引き締まった体躯《たいく》は艶やかな模様が打ち出された甲冑《かっちゅう》に包まれ、その肩には北窯の国旗と同じ深赤のマントが片掛けされている。

恭しく饗応《きょうおう》する花南王へ、天焔はおもむろに口を開いた。

「本題に入ろう。私がこの地へ赴いたのは華翡《かひ》族の討伐のためだ」

「……それは」

回りくどい説明を省き、天焔は老王に告げる。

「我が国は浮民《ふみん》を認めておらぬ。定住をせぬ華翡族の討伐については、かねてより申し付けてあったはず」

「は、そ、それはもう……、ご命令には従っております」

「では何故《なぜ》未だに華翡族を従えることができぬのだ？」

花南特有の、ゆったりとした一枚の長布を左肩に回して纏《まと》った老王は、苦渋の表情を見せた。

「追捕《ついぶ》は進めております……しかし元来、華翡族は争うことを好みません。ただ薬草を取り、医術をもって人々を助けて暮らす、仁《じん》の民でございます」

「見逃せということか？」

「い、いえ……決してそのような。ですが、華翡族は討伐が必要なほど危険な民などではなく……」

天焔は、心の中で読み通りだったと思った。長年、流浪の民である華翡族を捕まえられないのは、花南の王が本気で追っていないからだ。

　花南国は王に象徴されるように、従順で穏やかな気質を持つ。だが、それでももともとはこの地に古くから住んでいた花《か》族と、川沿いに移動してきた南《なん》族が融合してできた国であり、それぞれ部族意識が残っていた。特に水源や土地については、今でもしばしば旧花族と旧南族で所有権を巡る諍《いさか》いがある。

　──花南国は隣国・東威《とうい》の砦《とりで》……分裂の要素は取り除いておかねばならぬ。

　北窯がある大陸の先端は花南国に続いている。そして花南の隣には、勢いを持ちはじめた東威国があった。宗主国の北窯から見ると、花南は東威に攻め込まれないようにするための大切な防波堤だ。それぞれの旧部族が自己主張できないように、宗主国である北窯の命令は絶対だと教え込んでいる。

　しかし、この国では少数部族の華翡族だけが、北窯の〝定住せよ〟という命令に従わない。政府に従わぬ民を、放置するわけにはいかない。それは宗主国の権威を軽んじることに繋がる。

「すべての民に戸籍を登録させるのは、治安と租税の基本だ。例外はない」

「殿下……」

「この儀、私が帝より御命《ぎょめい》を賜った。以後、華翡族討伐は北窯が行う」

　温厚な老王の目が見開かれる。後ろに従っていた諸臣たちの息を呑《の》む気配がしたが、属国として、北窯の決定に逆らうことはできない。

「明日にも進軍する。これまでの捜索範囲と成果について、実務を行った者から話を聞きたい。あとで部屋に寄越すように」

「……かしこまりましてございます」

天焔は緋《ひ》色の布をひるがえして立ち上がり、そのまま玉座を去った。

背後で、悲しみにも似たため息が聞こえた。


数日後、天焔の率いた軍は花南の奥地に駐屯していた。

軍は、北窯から引き連れてきた直属の隊と、道案内を兼ねて護衛を務める花南軍とで構成されている。その数は騎馬兵、歩兵を合わせて約五千だ。規模の大きさに穏健な花南王は眉を顰《ひそ》めたが、抵抗することはなく、大規模な包囲網は確実に華翡族を追い詰めていた。

ただ、肝心の華翡族は捕まえるどころか、姿を見ることすらできていない。陣営の幕屋《まくや》で、天焔は四度目の空振りを報告されて嘆息する。

「申し訳ございません……野営の跡は発見できたのですが」

だが見つけた時には、すでに逃げられていた。

「その焚火《たきび》跡は、どのくらいの熱さだった？」

「え……そ……その」

「手で触れて、ほんのりと温かい程度だったとのことでございます、殿下」

腹心の部下、鳴洛《めいらく》が斜め後ろから報告の兵に助け船を出す。天焔はそこまで温度が下がったのなら、自軍が近づくよりずっと前に彼らが野営地を立ったのだろうと推察した。

口元に形のよい指を当てて考え込む。

「斥候が野営地を発見したのは夜明け前……ならば、出発の支度も含めて、真夜中には動いたとみてよい」

――そのような時刻に移動するのは、こちらの動きに勘づいて逃げたとしか思えぬが……。

だが、斥候が見つけるよりも一刻以上前に、どうやってこちらの動きを察知するのだろう。

華翡族追捕については花南国中に触れを出しており、すべての街道は通行証を持たなければ行き交いできないようにしてある。逃げられる場所はどこまでも続く樹海だけだ。天焔は海に網をかけるように樹海の縁に兵を配備し、徐々にその範囲を狭めていた。

視界の利きにくい樹海で、昼は正規軍が追い、夜は特別に訓練された精鋭部隊がわずかな煙や火を頼りに、人が潜んでいないかを探している。

追うほうは昼夜二交代だが、逃げるほうは休みなしに山側を除いた三方から追われているのだ。体力戦である以上、捕縛は時間の問題かと思われていたが、未だに成果がない。

「昼夜を分かたぬ追手《おって》を振り切るとは……」

思ったより手強《てごわ》い……と呟《つぶや》くと、花南軍の将軍が直立不動のまま言った。

「そうなのです。これまでも華翡族が潜んでいるという情報を耳にするたびに兵を向けていたのですが、踏み込むともぬけの殻で……」

わざと逃がしているのではない……と言外に訴えている花南の将軍に、天焔は頷《うなず》いてみせる。

「卿《けい》らの働きが不足しているわけではないのはわかっている。華翡族は古来よりどの王朝もその力を引き入れようと試み、それでも独立を保ってきた民。容易に捕縛できるものではあるまい」

「は……」

「だが、ここで手ぬるい策を取るわけにはゆかぬ」

華翡族にその気がなくとも、〝あの北窯すら捕縛できなかった〟という価値がついてしまう。

「この先は山脈だ。山を越えて東威に逃げ込まれる前に、決着をつけたい」

天焔はすっと立ち上がった。緋色の布に黄金の髪が流れ落ちる。

「増軍せよ。一万の兵で樹海を囲む。増やした兵は樹海沿いに山脈へ回らせ、完全な円陣を組んでから円の中心部に追い込む策を取る」

兵を向かわせるように将軍に命じると、相手は目を丸くした。

「い……一万、ですか」

一万といえば、他国と戦を構える規模だ。たかが浮民の捕縛に、本当にそこまでの兵を動員する気か……という顔をしている。天焔は平然とした顔で言った。

「結果を出せないなら私が赴いた意味がない。だらだらと何年も追い続けるより、一気にカタをつけたほうが、最終的に兵の総力は少なくて済む」

「は……」

――東威にも、よい牽制《けんせい》となろう。

山脈の向こうで北窯の軍が動いていれば、あちらはいやでも興味を持ってくる。北窯の軍備を見せつけるデモンストレーションとしても効果があるはずだった。天焔は天幕を出、付いてくる鳴洛を振り返って命じた。

「増軍がいつ到着するかを報《しら》せよ。私は散策してくる。供《とも》は要《い》らぬ」

「は」

幕屋は樹海の入り口に陣取っていた。天焔はひとり、樹海へと分け入った。


――私が華翡族なら、どう追捕を切り抜けるだろうか……。

天焔は黒毛の愛馬を駆りながら、樹海と湿地帯との境目を走った。

マングローブの枝垂《しだ》れる境界線から先は、川によって運ばれてくる豊かな泥土の田園がどこまでも広がる。だが今は、視界が途切れない距離で駐屯部隊が点在し、物々しい警戒線が続いていた。

「……」

樹海の捜索にあたり、重視されたのは川沿いだ。水と食料が尽きてしまったら、どんな部族も暮らしが成り立たない。流れているのかどうかも見えないほどゆったりとした川を眺め、その先に続く海原のような樹海に目をやる。

――……？

じっと目を凝らすと、地形のわずかな窪《くぼ》みを見つけることができる。木々の背がその場所だけ陥没したようにひずみ、葉が折り重なって影を作っている。

――水は低きへ流れるもの……。

川沿いの傾斜地なら、そちらに支流ができて池になっている可能性がある。天焔は、そう奥まで行かないのなら、分け入っても危険はないと判断して、馬を進めた。

川べりは木の根が絡まり合って水面《みなも》へと伸びている。だが川を離れると、そこは密林だ。

「馬で進むには、無理があるな」

荷物は、人が持ち運ぶしかないだろう。備蓄の食糧を山ほど積んで潜むというのは無理だ。

――ならば、人里からはそう奥へ行かないはず……。

取った薬草を売る相手がいなければ、生活は成り立たない。追われている今は樹海の奥地へ逃げることもあるだろうが、おそらく華翡族も本来はこうした境界線より手前で暮らしていただろうと思う。

「華翡族か……」

その瞳が翡翠《ひすい》のように美しい緑であることから、そう呼ばれている。華翡族は花族とも南族とも出自が違う。

玉《ぎょく》のごとき双眸《そうぼう》と漆黒の髪。山岳部族にも似た、一族特有の模様が織り込まれた、色鮮やかな衣を纏っていると言われている。薬草の知識にも長《た》けているが、膠《にかわ》や漆《うるし》も扱うので、腕飾りや楽器など、繊細な工芸品を作ることでも知られている。

一族の規模も、よくわかってはいない。だが今回の討伐には、華翡族そのものというより、一種の〝見せしめ〟の側面もあった。

宗主国の意向が絶対であることを示し、花南国に服従を強い、逆らえないことを思い知らせる。花南の戸籍体制の強化と同時に、従わぬ者の末路を見せつけるのだ。その的《まと》として華翡族が選ばれた。

御前会議では、従順な花南国にそこまでの施策が必要か、という声もあったが、天焔は承知した。

――隣国、東威は他部族から独立を勝ち取った。すぐ隣で成功例があれば、〝我も〟と思う者が出てもおかしくない……。

もし花南の中で不満を抱く民がいた場合、領土を拡大したい東威はその民に甘い言葉をかけ、場合によっては武器や資源を融通して独立をそそのかすだろう。旧花族と旧南族との間に内紛が起これば、これに乗じて花南に攻め入ることができる。花南を飲み込めば、東威は北窯と正面から戦えるほどの規模になる。

――懸念は、小さなうちに潰しておかねばならぬ。

そして、天焔自身も華翡族に少々興味があった。

「翡が翡翠を示すなら、〝華〟は何を意味するのだろうな……」

そして、これだけの包囲網をかいくぐれるのはいかなる知略によるものだろう。そう考えながら進むと、予想通り、周囲より窪んだ場所に出た。支流が地面に潜り、再び顔を出した小ぶりの池ができている。だが、同時に微《かす》かな人の気配がして、天焔は剣の柄《つか》に手をかけた。

「……」

馬上でじっと気配を探る。

――どこだ……。

樹上では鳥がチチッと鳴き、細い枝が揺れる。樹海は静かだが、押し殺した気配までは消せない。

馬は、主《あるじ》の意向を汲《く》んだようにじっとしている。天焔はゆっくりと視線を巡らせ、一本の木のところで止まった。

――そこか。

すぅっと深く腹に息を溜《た》め、キン、と鋭い音を立てて剣を抜く。相手が声もなく息を呑むのがわかる。天焔は紅玉のような眼を眇《すが》め、シュっと剣を投げた。

「わ……ひ……！」

剣はドスッという衝撃音とともに幹に突き刺さり、梢《こずえ》が揺れていくつもの葉が舞う。幹の陰からは、勢いに気圧《けお》されて腰を抜かした男が悲鳴を上げて後退《あとず》さった。

――これが華翡族か……。

噂通りだった。

翡翠色の瞳と黒髪。白地に赤と黒を基調とした模様を織り上げた、色鮮やかな衣。携帯財産なのだろう、腕輪や首飾りなど、換金できそうな宝飾品を身に着け、髪はばらけないように衣と同じ生地で巻いてまとめられている。

密林を飛び交う、極楽鳥《ごくらくちょう》さながらの艶《あで》やかさだ。

男は狼狽《ろうばい》しながらも、池を背に立ち上がっている。天焔にはそれが奇妙な行動に思えた。

――何かを庇《かば》っているのか？

剣を投げた時は、確実に逃げようとしていた。ならば、後ろも見ずに走り出すのが普通ではないか。だが、男は怯《おび》えながらも逃げ先のない池へと下がっていく。

そこに、己の命よりも優先するものがあるのだ。とっさにそう判断し、天焔は手綱を引いて池へと突っ込んだ。男があっと叫ぶ前に水しぶきを上げ、池に浮かんでいた同じ民族衣装の少年を片手で拾い上げる。

「……かっ、返せっ……」

馬が泥と水を蹴り上げる。だが男は追いすがり、ぐっしょりと濡《ぬ》れた少年を奪い返そうと試みていた。目を閉じた少年は意識がないようで、ご丁寧に後ろ手に縄を打たれている。天焔は鐙《あぶみ》を蹴って反転させ、少年を抱えたまま馬上で向き合った。

「華翡族だな」

「……っ……」

男の目が一瞬迷い、そして次の瞬間に、驚くような俊敏さで池の縁まで飛びのいた。天焔が短剣を投げようとするより早く、長剣が刺さった幹の枝へと跳ね上がり、まるで猿のように枝から枝へと伝いわたって逃げていく。天焔はそれを観察するだけに留《とど》めた。

――なるほど、足跡がつかぬわけだ。

身軽で、必要なものはすべて身に着け、身一つで移動する……これほど追いにくい相手もいないだろう。よく見ると、手元の少年の縄も、そのあたりに自生している蔓《つる》を利用したものだ。

――だが、この少年には何がしかの価値があるのだろうな。

己の身を危険に曝《さら》してでも置き去りにするのを躊躇《ためら》った。天焔は、気を失っている少年をまじまじと眺めた。

透き通るように白い肌に、絹糸のような細い黒髪が張り付いている。ほっそりした腕も肩も、まるで少女かと見紛《みまが》うほどだが、薄く硬い身体《からだ》は間違いなく男だ。

少年は、逃げた男と同じように赤と黒のコントラストが映える長い布を纏い、織の違う幅広の帯で止め、端を垂らしている。頭に巻いた布は濡れた重みで外れかけていた。

直線的な布を前で合わせるシンプルなつくりだが、先ほどの男と違い、その下には何も着ていない。身分によって服装に違いがあるのかもしれない……そう思ったが、ふと池の縁を見ると、きちんと畳まれた服が置いてある。筒袖のシンプルな上着と、おそらく下履きだ。それに気付いてから改めて少年を見ると、腕や腿《もも》が露出していて、申し訳程度に着せかけられたのだとわかる。

それでも心なしか、先ほどの男よりよい衣のような気がした。何よりも、繊細そうな面差しで、目を閉じていても品のある少年なのだろうとわかる。

身なりからも容姿からも、卑しからぬ身分ではないかと思われたのだが、何故縄を打たれているのか、池に浮かんでいたのはどんな理由があるのかがわからない。考え込んでいるうちに、天焔は少年を抱えた腕が熱いのに気が付いた。

「熱が？」

「……う……」

意識のないまま、腕の中の少年が苦しそうに眉根を寄せた。ずぶ濡れの衣は体温を移して、奇妙に熱い。

――池で冷やしていたのか。

少年を抱いたまま馬からひらりと降り、熱を持った身体を沈める。ほんのりと節々を桃色に染めていた熱が、冷たい池の水で鎮まっていくのがわかる。天焔はしばらく様子を見てから、少年の衣を脱がせることにした。

運ぶにしても、水を滴らせていくよりはよいし、どうせ冷やすなら直接水に晒《さら》したほうが効率的なはずだ。念のために、手首を戒めている蔓をそのままにして帯を外す。

肌が露《あら》わになると、その背に鮮やかな翡翠色の華模様が広がっているのに気付いた。

「……？」

一族の風習だろうか。

国によっては、刺青《いれずみ》の習慣がある。魔除《よ》けなどのほかにも、奴隷や兵士などは、その身分が確実にわかるように刻み付けられるのだ。

——美しい模様だな……。

孔雀《くじゃく》の羽を円模様にしたような、翠《みどり》から碧《あお》までの精緻な彩りで、背中一面に華が咲いたようだ。天焔はもしかするとこれが華翡族の〝華〟なのかもしれないと思った。

「……ん……ぅ」

少年は苦しそうだ。熱に浮かされたように時々声を漏らす。

止水池はそう深さはなく、さらに縁のあたりだと膝にも満たない。放っておいても溺《おぼ》れることはないのだが、天焔は片膝に頭を乗せるようにして支えてやった。

「は……ぅ……」

赤味を帯びた唇から、少し熱い息が濡れた膝にかかり、薄い身体がうねる。

――病とは思えぬが……。

もし何かの病気で発熱したのだとしたら、この解熱方法はいささか乱暴ではないか。第一、病人を戒める理由がわからない。

考えながら見守っているうちに、少年の呼吸は穏やかになった。同時に、鮮やかに咲いていた模様が薄くなっていく。

「……消えるのか？」

雪のように白い肌が、熱を手放して澄んだ。鮮やかな翡翠色の華は雪片が融《と》けるように消え、綺麗《きれい》な白い背中に変わっていく。

――白粉彫《おしろいほ》りだったか。

体温が上がるなど、一定の条件でしか浮き上がらない刺青だ。幻惑のように消えた美しい華と、まるでそんなものははじめからなかったと言うような、なめらかな肌に魅入っていると、ぱしゃん、と水面に波紋が広がって、少年が天焔のほうへ顔を向けた。

「……！」

見開かれた瞳が、驚きに満ちる。

――黒い瞳……。

先ほどの男と同じ民族衣装を纏いながら、華翡族の代名詞ともいえる翡翠色の瞳をしていない。天焔も驚き、少年と見つめ合うかたちになった。

「……」

「……」

澄んだ、大きな瞳。形のよい唇がわずかに開かれ、そして次の瞬間に、少年は自分が裸なことに気付いてさっと顔を赤らめた。

見るからに慌てて身を捩《よじ》り、足元もおぼつかない様子なのに背中を隠して身構える。耳元まで染まった肌の赤さが、先ほどまでの悩ましい吐息を思い出させた。

天焔は逃げようとする細い腕を摑《つか》む。

「華翡族だな」

名を口にした瞬間、少年の目がすっと光を失った。同時に頭を下げ、天焔はそれが舌を嚙《か》み切る動作だと気付き、ぐっと濡れた髪を摑んで強制的に顔を上げさせる。

「！」

無言の押し合いが起きた。

天焔は髪を離して少年の顎を摑み、固く引き結ばれた唇を指でこじ開ける。抗《あらが》う少年は肩を揺さぶって身体ごと抵抗した。

――死なせるわけにはゆかぬ。

これは大事な華翡族への切り札だ。天焔は無理やり口腔《こうこう》へ指を突っ込み、自害を阻むと、自らの肩に掛かっていた布を片手と歯で切り裂き、まだ抵抗をやめない少年の口に詰め込む。

「殺しはしない」

「……」

まっすぐ向けられる瞳に、先刻のような澄んだ色はない。憎しみや怒りのようなどろどろとしたものは感じられないが、それでも天焔は、最初に見つめ合ったあの透明感を思い返さずにはいられなかった。

「一緒に来てもらう」

相手は一言も発しなかった。天焔は軽く絞っただけの衣で少年の身体をぐるぐると巻き、片腕で軽々と抱えて陣営へと戻った。


捕獲した華翡族の少年は、部下の鳴洛に一任した。天焔は山脈側に向かわせる兵の指揮にかかりきりになり、再びその存在を思い出したのは、夜も更けてからだ。

「あの華翡族はどうしている」

「檻《おり》に籠《こ》めてありますが、まだ名も判明いたしません」

黙秘したままだと言われ、天焔は拷問を禁じた。

「あの手合いには何をしても口は割らぬ」

「殿下……」

「なんの躊躇いもなく自害を選ぶほどだ。苦痛を与えたところで、折れはすまい」

敵に捕まったら身を処す、というのが華翡族の掟《おきて》なのか、あの少年にだけ課せられたものなのかはわからない。だが、今なら逃げた男の理由が読める。あの男は、少年が死をもって沈黙するとわかっていたから、置いて逃げたのだ。

「つまり、それほどの秘密を抱えているということだ……ならば、それを利用しない手はない」

手当てをし、食事を与え、むしろ死なせないように見張ることを命じる。

「あの少年にどのような価値があるのかはわからないが、ほかの華翡族を見つけ出した場合、交渉に使えるかもしれぬ」

配下に任せず、鳴洛自身の手で管理するように申し付ける。そして、最初の捕獲から五日ほどで、山脈側に逃げていた華翡族の一団を発見した。

華翡族を捕らえたのは、増軍した兵だった。連行してきた隊長が幕屋で片膝を突き、ゆったりと椅子に座っている天焔に報告する。

「長《おさ》だと名乗る男を含め、総勢二十名でございます」

「そなたは、その男が長だとは思えぬ……ということか？」

物言いを指摘すると、ずんぐりとした体形の隊長は恐れながら……と頷いた。

「腑《ふ》に落ちません。彼らの動きは明らかに精彩を欠いておりました」

痕跡を追うのすら難しかった一族を束ねるには、弱い印象があると言う。

「もしかすると、彼らは二手、あるいはそれ以上に分かれて動きはじめたのではないかと……」

「ふむ……」

「出すぎたことを申し上げたかもしれませんが」

隊長は鼻の下の髭《ひげ》を気ぜわしく触っている。天焔は、現場にいたこの隊長の感覚に一理あると思った。

「確かに、いかに包囲を厚くしたとはいえ、こちらの読み通りの場所に落ち延びてくるのは、華翡族らしくない下策だ。指揮系統が二つに分かれ、力量の劣るほうを捕縛したとも考えられる」

――もしくは、あの少年が思ったより重い〝切り札〟だったかだ……。

少年の捕獲と時を同じくして、華翡族の足取りは格段に追いやすくなった。偶然にしてはできすぎている。

幕屋では、灯《あか》りがジジ……と油を吸う音がして、天焔の黄金の髪が炎に炙《あぶ》られたように赤味を増した。

「鳴洛」

「は……」

「捕縛した集団とあの少年の面通しをさせよ。私も立ち会う」

「かしこまりました」

鳴洛は頭を下げると、下がって準備に入った。

北窯軍に捕まった二十人は、後ろ手に縛られ、縄で繋がれてひらけた場所に引き出された。

雑兵たちの野営用テントが広場を囲むように設営されており、真ん中には補給用の備品を積んだ荷馬車と馬が盗難避《よ》けに集められている。

満月の白い月が、遠慮なくあたりを照らした。連れてこられた華翡族は口を開かず、宿営している兵たちも、何事が起きるのかと遠目に見守っている。

天焔は一団が全員黒髪に翡翠色の瞳なのを見ながら、何故あの少年の瞳だけ、黒い色をしているのだろうと思った。

荷馬車の向こうに、捕虜を籠める檻の馬車がある。太い木で組まれた檻には、テントと同じ分厚い布が掛けられていた。距離はあるが、月明かりでも充分相手を判別できるだろう。

天焔は檻に掛けられた幕をめくった。

少年は、服は着せられているが檻の天井に両手をくくられ、半ば吊《つ》るされたような姿だ。噛ませた猿轡《さるぐつわ》もそのままだった。

「何度か自害しようとしておりましたので、やむを得ずこうしております」

少年は顔を上げることもしなかった。されるがままだが、従う気がないのは見てわかる。

天焔は檻の間から手を伸ばし、頭の後ろで結わえられていた赤い布を外した。

「……」

視線だけ天焔のほうに向けられる。天焔は低く言った。

「熱は、もうなさそうだな」

一瞬、射干玉《ぬばたま》のような漆黒の瞳が揺らぐ。

「お前の一族を捕らえた。あそこにいる」

ビクリと白い腕が動き、吊るしていた檻が軋《きし》んだ。少女のように大きな瞳が捕囚《ほしゅう》された同胞を見たが、すぐに表情を消し、俯《うつむ》いて目を逸《そ》らす。むしろ、動揺があからさまだったのは連行されてきた集団のほうだった。

「……な……」

息を呑む気配と落胆が集団に漂う。連れてこられた時はまだ強固な意志で沈黙を守っていたが、今はショックで声が出ないだけのように見えた。

特に、一族の代表だと名乗った男の驚愕《きょうがく》ぶりを見る限り、あの隊長の推測は正しかったのだろうと思う。ほかの仲間が不安そうに視線を向けてきているのに、それに応えることもできていない。

もう駄目だ……とひとりが呟くと、悲嘆は波紋のように広がり、左右から嗚咽《おえつ》が漏れてくる。

単なる捕虜という以上に、あの少年には意味があるのだ。彼が捕まっていることが、彼らの希望を打ち砕いている。

――やはり、二手に分かれていたのか？

華翡族の総数を把握しているわけではないが、二十人というのはいかにも少ない。だが、天焔が見つけた時、少年の周囲にそれらしき同族の集団はいなかった。

天焔は連行されてきた一団のほうへ近づいた。口を割るとしたら、こちらだ。

「誰か、あの少年について説明できる者は？」

苦渋に満ちた目で、長だと名乗っていた男が天焔を見る。

「……確かに、我が一族の者です」

「何故池にいた？」

男は答えたが、やや不自然な間があった。それに、池にいたのはこの男ではない。

「具合が悪いようだったので、水を飲ませるのにいただけです」

「ほう……」

黙って待つ姿勢を取ると、相手は言葉を足す。誤魔化そうとする時ほど、人は饒舌《じょうぜつ》になるものだ。

「特別なことではありません。むしろ、何を気にされているのかわかりません」

「華翡族だというわりに、瞳の色が違うな」

「……そういう者も、たまに生まれます」

「まれに生まれるなら、貴重な少年ということだな」

「違います！　あれはむしろ穢《けが》れた存在で、なんの価値も」

「紋《モン》！」

止める声に、紋と呼ばれた男は狼狽《うろた》えて黙る。生真面目そうな印象はあるが、指示に従う側の人間で、指導者としては器が足りない。

天焔はゆっくりと捕縛された全員を見渡し、交渉を提示した。本当に無価値な子どもなら、こんなに彼の価値を否定するのはおかしいし、あの時逃げた男の行動とも整合性が取れない。

「あの少年の価値に応じて、相応の恩赦を与える。長の命を助けたいのなら、それなりの価値を示せ」

別集団の行方を知っているわけではない。ハッタリだったが、気落ちしている相手は簡単に騙《だま》されて顔色を変えた。長も捕まったのだと思い込んだようだ。

「ただの子どもなら、長ひとり分の価値にもならぬが？」

紋と呼ばれた男に判断を迫る。隣で兄弟らしい男が止めているが、紋が迷っているのははっきりしていた。天焔はすっと剣を抜いて、刃先で紋の顎を取って顔を上げさせる。

「お前に、長を見殺しにしてまで秘密を守る気概があるとは思えぬがな」

顔を引き攣《つ》らせた紋を、さらに精神的に追い込む。

「長の命はお前の判断次第だ。少年の価値を示せるなら、相応の取引をする」

「……っ」

「紋！　駄目だ！」

「……あれは〝読み子《クティア》〟です。災いの神の眷属《けんぞく》だから、災厄を嗅ぎつけることができます」

「紋！」

すがるような瞳が天焔を見た。

「十人の斥候より役に立つでしょう。充分、長の命に値します」

だから長の命だけは助けてほしいと言う。立ち尽くしたままだが、膝を折ったも同然だ。

たとえ事実がどうあれ、この男は今〝長〟を名乗っている。己の振る舞いが、即、華翡族の評価になることを、彼はまだ自覚できていないように見えた。

――一族の代表者が北窯に屈することの重みも意味も、わかっておらぬのだろうな。

捕らわれた集団の反応はさまざまだった。なんということを、と呆然《ぼうぜん》とする者。紋を非難する瞳。

そして紋の言葉に同調する者もいる。天焔は観察しながら、この集団が妙に若いことに気付いた。

華翡族も、ほかの部族と同じく年長者を大切にすると聞いている。その一族に長老格と思われる年頃の姿がないということは、集団が若手とそれ以外に分かれたのではないだろうか。

こういう政治的な決定にも慣れていないのだろう。長でなくとも、一族の重鎮がいればもっと違う判断を下したはずだ。だが紋は目の前の状況で心がいっぱいになっていて、これがどういう結果をもたらすか、長い視点を持てていない。

――運がなかったな。

ひな鳥たちを逃がしたつもりだったのかもしれないが、捕まった場合に危ういのは、若いほうの集団だ。

「災厄の予見か……」

占星や託宣の類《たぐい》にはあまり信頼を置いていないほうだが、運気や、時・場の脈流のようなものはあると思っている。何よりも、彼らが数年もの間、追捕から逃げ切れたのは紛れもない事実だ。

少年は、同胞の声を檻の中で聞いている。

衣は整えたが、髪をまとめていた布は外され、黒髪は無造作に肩を流れ落ちている。先刻から己の命をやり取りされているというのに、怯えるでも悲しむでもなく、ただじっと見守っているだけだ。天焔にはその覚悟が潔いと思う一方で、興味深かった。

あの少年は何故運命を受け入れるのだろう。一族が逃げ続けるための重要な鍵だというのに、身に着けている宝飾品をやり取りするように、長の命と引き換えにされてしまうのは何故なのか。

――何故、足掻《あが》かない？

その生き方がわからない。だからこそ知りたいと思った。

天焔は集団を置いて檻のほうに戻った。今度は分厚い閂《かんぬき》で留められていた扉を開けさせ、すらりと剣を抜き、天井にくくられていた縄を斬る。

腕の戒めが取れた少年が顔を上げ、天焔はそのほっそりした顎を取った。

「お前が災厄を読む力を持つというのなら、我が軍でそれを証明せよ。その功績に応じて、ひとりずつ同胞の命を保証する」

この条件なら呑むだろう。一族に命を捧げると言うのなら、そうさせてやる。

「やるか？」

少年は広場の中央で固まっている一団に目をやり、紋の視線を受けて頷いた。

「……名は？」

「凪《ナギ》と申します」

初めて聞いた少年の声は、瞳と同じように澄んだ響きを持っていた。

◆◆◆

数日後、凪は馬車に組まれた檻に入れられたまま移送された。前後に騎馬兵、左右を徒歩兵が取り囲み、ほかの華翡族とは別々のままだ。

街道からは、のどかな田園地帯が臨める。凪は時おり行き交う行商人や農民たちの視線を受けながら、ぼんやりとその風景を眺めていた。

昨日、長の家族とその集団が捕まり、捕縛が終了した。軍は驚くほどすみやかに撤退準備をはじめ、整然と長い行軍が街道を進んでいる。凪は改めて、自分たちがこれほどの大軍に追われていたのだと驚いていた。

おびただしい人数に追い詰められているとは感じていた。どちらに逃げても人がいて、間断なく災厄がどちらから来るかを読み続けていた。

けれど、これほどの軍勢に追われていたのなら、どうやっても逃げ切れるはずはない。

——天焔殿下……。

自分を発見したのが、この軍の総指揮を執る北窯の皇太子だと、兵たちの会話から聞き取った。そう言われると、あの強い覇気に納得できる。

北にある北窯国自体は見たことがない。だが、三十もの属国を従えた大国だ。こんな相手に狙われていたのかと思うと、今さらながら恐ろしくなる。

華翡族への締め付けが強くなったのは、数年前からだった。

もともと華翡族は定住をしない。今でも捕まった同胞のほかに、諸国で市民に紛れて暮らしている者がいる。

移動するのは、華翡族が薬師《くすし》の一族だからだ。薬効のある動植物の原料を求めて、あちこちをさすらう。だが、貴重な薬草が自生する場所というのは決まっていて、同胞たちはおのずと同じ季節に、同じ場所で落ち合うことになる。

その中心地が、花南国の樹海だった。

樹海の奥地に、何種類もの貴重な薬草が自生していて、この薬草から作る薬は華翡族独自の万能薬となった。だから、この場所は何代にもわたって、大切に守られている。

花南国とも、つかず離れずのよい関係だった。王も華翡族が出入りしていることは知っていたが、取り立てて咎《とが》めることはなかった。

急に定住を命じられ、戸籍に登録せよと言われたのは、宗主国、北窯の意向によるものだと聞いている。

どこの国にも属さず、自由を維持するのが華翡族の誇りだ。そのために払う犠牲も覚悟の上で、一族は戸籍への登録を拒み、従来通りの移動する生活を選んだ。

その結果、だんだんと圧力が強くなった。

まず、町や都で薬を商うことが禁じられた。華翡族だというだけで通行許可が下りなくなり、都の中に入ることすらできなくなった。

それでも華翡族のよく効く薬は需要があって、行商人たちは道の途中で出会うと買い上げてくれる。農村を通りかかると、華翡族の姿を見かけただけで呼び止められて薬を売買できた。

手配書も出回っていたが、民のほとんどは通報しなかった。華翡族に土地を所有する野心はない。

病や傷に効く薬を売って、わずかな金を手に入れる。決して領民の土地や財を脅かすものではなく、自分たちはただ束縛されたくないだけだ。だから領民も警戒しない。

それでも、年を追うごとに花南から締め出されている感じはした。追捕の兵を頻繁に見かけるようになって、手配書には、〝報せた者には報奨金を与える〟と附記されるようになった。金に目がくらんだ通報も増えはじめ、長は念のためにと、一族の半分以上を花南の国外へと送り出した。

残ったのは、貴重な薬草の自生地を守る、長をはじめとした高位の者ばかりだ。

——長様のご心配通りになってしまった……。

ここひと月ほどで、急激に追捕が激しくなった。どんなに逃げても、昼となく夜となく追手が来る。凪も限界まで気配を読み続けたが、包囲網は厚くなるばかりだった。だから長は、残留していた一族を二手に分ける決断をしたのだ。

なんとしても、後継ぎと定めた若い集団を東威へ逃がしたい。その一心で長は読み子を紋に手渡し、自分たちは囮《おとり》として北窯軍を引き付けるために、樹海の入り口付近に向かった。

そんなにまで配慮してもらったのに、長ではなく若い紋たちのほうが捕まってしまったのだ。

——肝心な時に、私が倒れたからだ。

気配を読み続けているうちに気を失った。目を覚ました時は池に浸されていたから、おそらく発熱が治まらなかったのだろう。力及ばなかったことを申し訳ないと思う。

もう少し身体がもっていたら、もっと東威に近い退路を見つけられていたら……後悔はいくつも浮かぶが、同時に、北窯ほどの軍勢に狙われて、武器も持たない華翡族が抗えるはずがないとも思う。

「……？」

行軍が、街道から左に逸れた。ちょうど樹海が切れたあたりで、そのまま行くと隣国との国境の山脈にぶつかる。

——私たちは、どこへ連れていかれるのだろう。

重罪人のように檻に籠められ、行き先すらわからない。

定住を拒んだことは、それほど大きな罪なのだろうか。

「……」

温暖な気候に合わせて、花南軍の兵は肩当てや腰当てをしただけの軽装だ。それに比べて、北窯軍の兵は全員鋼色の胴当てや肩当てで、重厚に武装している。それが、北の大国の威容そのものを表しているようで、明るい青空の下だととても不気味に映る。

不安を抱えたまま、凪は馬車に揺られて山裾へと進んだ。


その夜、野営地が定まり、一通り設置が済んだあたりで凪の檻に人が近づいてきた。鳴洛という名だ。

「出ろ」

檻の閂が外され、鳴洛は促すと一番大きな幕屋に向かった。凪も、黙ってそれに付いていく。

——天焔殿下のお召しだろうか。

兵たちはこの男を〝鳴洛様〟と尊称をつけて呼んでいた。一族と引き合わされた時も、鳴洛は北窯の皇太子のすぐ後ろに控えていた。身なりから推察するに、身分もそれなりに高いと思う。

「……」

冷静沈着で、表情を変えない人だ。色素の薄い黄味を帯びた髪と瞳。頑健そうな身体つきで、皇太子の護衛のようにも見える。ただ、それほど会話をしたわけではないが、冷たそうな見た目のわりに、どこか情を感じる人だと思う。

「入れ」

幕屋の入り口には、槍《やり》を持った兵が両脇に立っている。その周囲を囲むように、いくつもの幕屋があり、それぞれ入り口と反対側に一名ずつ兵がいた。左右を見ると、ずいぶん離れた場所に兵士たちが野営する小さなテントが連なっている。

分厚い幕の片側が開けられ、凪は促されるままに足を踏み入れた。遊牧民のゲルのような円形の幕屋は、床一面に毛足の長いふかふかの白い絨毯《じゅうたん》が敷き詰められている。調度品は何もない。

幕屋は入り口の反対側が次の幕屋に続いていて、そこは扉も仕切りもなかった。鳴洛はそこで待つように命じると、隣の幕屋へと消えていき、戻ってきた時は天焔の後ろに控えていた。

黄金の鬣のような髪、誇りと強さを秘めた瞳。まるで、生まれた時から冠を戴《いただ》いているかのような魂の色をしている。

「お前の力を見せてもらおう」

天焔は手にしていた地図を広げ、北窯までの帰路を示した。

「山脈沿いの経路を通る」

険しい山脈。それも、山の上を通るほど行軍は目立つ。そんな東威との国境を、敢《あ》えて行くと言う。

「ただ帰国するだけというのは無駄だ。東威の状況をできるだけ把握して戻りたい」

当然、東威の警備兵を刺激することになる。だが、不必要な衝突は避けたい。そのためにあらかじめ東威の警備拠点を読めと言うのだ。

「お前の力が我が軍の役に立つのなら、その働きの分はきちんと見返りを渡す。まず、この帰路を無事に抜けたら、華翡族の長とその家族の無事を保証しよう」

凪は北窯の皇子の顔を見た。すると彼は思ってもみなかった軽快な笑みを見せた。

「謀《たばか》るつもりはない。成果には報奨をもって、信には信をもって返す」

「……」

為政者の甘言は信用に値しない……それは一族の会議で何度も聞いた言葉だ。これまでにも土地を与えるから、一族の立場を保証するから、とさまざまな国が華翡族を取り込もうとした。だが、一族は決してそうした誘いに乗らなかった。

為政者はいつでも言をひるがえす。あとから抗議しても、うかうかと乗るほうが愚かなのだと言われるだけだ。己の力だけを信じ、決して安易な安全を望んではいけない。そう訓戒されてきた。

だが、今手に入れなければならないのは、長や一族の命の保証だ。

――この方を、信じてよいのだろうか。

天焰から受ける高潔な印象に、陰謀はなさそうな気がする。度重なる先読みで疲労しているとはいえ、目の前の皇太子から災厄の気配は感じない。そして華翡族の命は、天焔の指先一つでどうとでも決まってしまうのだ。

紋たちも、長の命を救うためなら読み子の力も取引に使わざるを得ないと判断したのだ。ならば、

——今は、信じるしかない。

自分にできることは災厄を読み当て、長の命に相当するまで、北窯軍に貢献するしかない。

返事が遅れたら、天焔が背後の鳴洛に命じていた。

「紙と筆を」

鳴洛が取りに行っている間、天焔が座るように促した。高貴な身分のはずなのに、天焔自身も躊躇わず絨毯を敷いただけの地面に胡坐《あぐら》をかく。鳴洛が小机ごと天焔の前に設《しつら》えると、皇子は朗らかな声で言った。

「口約束が信用ならぬのなら、文《ふみ》にしたためる。それならば納得できるだろう」

墨をたっぷり含んだ筆先が、整然とした文字を書く。回りくどい表現もなく、簡潔に、北窯皇太子天焔が、凪の働きに応じて華翡族の命を保証すると記していた。丁寧に、今日から北窯帰還までの道中の働きで、長の家族分に相当するという但し書きを入れてくれている。きちんと押印までされた証文を手渡され、むしろ凪が恐縮した。

「恐れ入ります」

文を包む懐紙を渡しながら、鳴洛が小さく呟く。

「書面の内容が読めるのか」

「はい」

「……」

多数の属国を持つ北窯の言葉は、半ば公用語となっている。花南には花南の言葉があるが、北窯の言語を解さねば、最新の医術や知見を得ることができない。凪はごく自然に頷いたのだが、鳴洛は少し表情を引き締めていた。

あまり、情報を安易に見せるのは危険だと警戒されたかもしれない。ただ、天焔は気にしていないようだった。承諾の意を示すと、すぐに東威軍の配備状況を示せと言われた。

「現在地はここだ。この場所からどの範囲まで読める」

樹海が切れた場所を指し示す。ここから東威の国端までは、馬で駆け続けても四日は必要と言われている。

「私の力では、およそ三分の一の範囲が限界です」

それも、現時点での警備状況でしかなく、移動している間に敵方の動きも変わる。思わぬところに兵が潜む可能性もあるのだ。

「では、一日進むごとに、次の日の行程を読んでもらう」

凪は頷く。

「かしこまりました。ただ、先読みは私の力だけではできません」

読み子として生まれたから、通常より危険を察知する能力はある。だが、普段の生活でそこまで敏感に暮らすことはない。

遠くの危機を読み取るには、この微細な感覚を増幅する必要があるのだ。

「先読みをする際には、華翡族秘伝の薬草を煎じます。どなたか、一族の高位の方の手をお借りしないことにはできません」

——処方をしに来てくださったら、私がどう動くべきか、ご指示くださるだろう。

実のところ、本当に一族以外の人間にこの力を使ってよいのか、直接聞かねば動けないのだ。

一族に伝えてほしいと頼むと、天焔は一瞬考えてから承諾した。

「わかった。しばらくここで待て」

「お手数をおかけいたします」

両手を突いて頭を下げる。凪は二人が続きの部屋に消えてから、書状を念入りに懐にしまった。

鳴洛が一族に事情を話しに行き、そして幕屋に来たのは紋の弟、ヒンだった。

——ヒン様がいらしたのか……。

華翡族は、男女ともに髪は伸ばしている。大きく波打つ巻き毛の黒髪を持つヒンは、整った翡翠の瞳で凪を睨《にら》んだ。何か、怒りのような感じを向けられる。

凪は丁寧に絨毯の上で両手を突き、頭を下げた。

「どうぞよろしくお願いいたします」

ヒンの表情からは、どんな事情で彼が来たのかわからなかった。

ヒンは、兄の紋に次ぐ実力を持つ。

薬の調合は、単に薬草や薬の効能を知っていればよいというものではない。処方する相手の体質や状態を見抜き、その身体の持つ傾向に合わせて、最も効果的な薬の組み合わせと量を処方できることが肝心なのだ。この分野において、紋もヒンも、的確に薬を調合できる力を持っている。特に、ヒンは毒薬や刺激薬の処方に長けていた。

だから、調合をと言われて寄越されたのが彼でもおかしくはない。だが、本来なら長の代理である紋が来るのが順当だ。

鳴洛は、成り行きを黙って見ている。天焔はその横で覇気のある視線を向けた。

「名はなんという？」

「名乗るほどの者ではございません。これは本来、長が調合なさるべきもの」

長にやらせるべき、とヒンが主張する。

大帝国の皇子を前に、ヒンは丁寧だが不愛想な顔を崩さない。名乗りもしない無礼に凪のほうが気を揉《も》んだが、天焔はこだわらないようだった。

「最初に提示した通りだ。長の命を救いたいのなら、そなたたちでなんとかしてみろ」

「……」

長たちの集団は、一族の誰にも指示が出せないように、ばらばらに収監されているのだという。ヒンはしばらく奥歯を噛み締めたが、やがて気息を整えて薬師の顔に戻った。

凪と向かい合わせる位置に腰を下ろし、帯に挟んだ薬紐《ひも》をしゅっと外す。

「器と水をお借りできますか」

鳴洛に頼むと、くくられた紐から、親指の爪くらいの丸薬を手にこぼした。

華翡族の持ち物は、ほとんどが身に着けておける。特に重要な所持品である薬は「薬紐」と呼ばれる手のひらぐらいの横幅をした帯状の薄い布にくるみ、玉結びに縛って持ち歩く。たくさんの玉ができているほどよい薬師の証《あかし》だった。売り歩く時は帯から出して垂らしておき、移動する時は帯の間に挟んでおく。薄布の裏面は蠟《ろう》引きになっているので、湿気や雨にも強かった。

小さな杯がヒンの前に置かれると、髪をまとめている長布の留め金から携帯ナイフを外す。これも、一見黒曜石の飾りのように見えるが、ナイフが組み込まれている。

柄の部分は薬を挽《ひ》くために丸くなっており、鞘《さや》の外側には、ちょうど柄先が入るくらいの溝が作られていた。ヒンは鞘に丸薬を置くと、刃先で削ってぱらりと杯にこぼした。

――少ない……。

耳かき半分にも満たない量だ。通常ならこの三倍は処方される。丸薬を薬紐に戻しているヒンに、目で問いかけてみたが、彼は動じなかった。

――ヒン様が、ご存じないわけがない。

読み子の使い方を学ぶために、紋と一緒に何度も長の隣で処方を見ている。決して量を間違えているわけではないのだ。

「……」

杯に沈む薬を見ていたヒンの視線が、凪に向けられた。

監視している鳴洛にも、様子を見ている天焔にも気付かれないように、ヒンは鋭い眼で凪を圧してくる。

ヒンは、敵方に読み子の力を使わせることに、賛成ではないのかもしれない。けれど、もし曖昧な予知しかしなかったら、長の命は救えないのだ。

それで本当にいいのかと言葉に出して問いたいが、もし意図的に量を減らしているのだとしたら、ここでそれを口にすることは背信を指摘することになる。

敵中にいて、監視された状態だ。迂《う》闊《かつ》なことは言えない。言葉で問う代わりに、凪は懐から先刻もらった証文を差し出した。

「天焔殿下より、お約束をしたためていただきました」

書状を広げて〝長を救うには、きちんと予知しなければならないのだ〟と言外に訴えてみたが、ヒンの態度は変わらない。

「この書面は、俺が預かっておく」

「はい」

――駄目なのか。

薬は一種の興奮剤だ。酒よりも的確に身体を覚醒させるが、酒のような習慣性や依存性が生まれないので、感覚を拡大する時にはちょうどよいものだった。だがこの量で読もうとするなら、あとは自分の感覚を自力で引き上げるしかない。

――できるだろうか。

すでにここひと月の間、限界まで力を使っている。正直に言うと、脱走を企《たくら》むことができないほど、身体が動かない状態だった。

それでも、やるしかない。

「……」

ヒンは、兄の紋と違って、自分の考えや価値観を曲げない性情だ。彼に思うところがあってわざとやっていることなら、覆すことはできないだろう。

――自分で感覚を引き上げる……。

ひそかに心を決め、杯を手にしようとするとヒンが命じた。

「脱げ」

凪はびくりと手を止める。

――……やはり、しきたりは守るのか。

この儀式では当たり前のことだとわかっていても、帯を解くのに躊躇う。どこかで、〝一族以外の者がいる場所だから〟と、例外的な措置を期待してしまっていた。

人に裸を見られることは恥ずかしい。けれどそれは己の羞恥だけで、ヒンにとっては関係ないことだ。なるべく表情に出さないようにしながら服を脱ぐ。だが、顔を向けなくても、天焔の視線を感じて頬《ほお》に赤味が走った。

「……」

何度やっていても、人前で裸を晒すことに慣れない。

薬がちゃんと効いたか、読み子の印が浮き上がってくるかどうかで状態を測る。そのために、読み子は必ず長や長老たちの前で背中の模様を見せなければならないのだ。

　きまりなので、上着も下履きもすべて取り、裸のまま正座で杯を受け取る。口をつけると、甘みをつけた重い滴が、喉を焼いて胃の腑へと下りた。

　腹からじわじわと熱が染み出して、全身に広がっていく。だが、この薬の量ではほどなくこの熱が収まってしまう。凪は腹を抱え込むように蹲《うずくま》り、その熱を失う前に増幅させようとした。

　その場にいる全員、黙って見守っている。

　凪は集中し、焚火に息を吹きかけるように、己の力を解放して感覚を燃え広がらせた。

　目を閉じ、音を遮断し、遠くへ手を伸ばす。

　小さな幕屋からもっと上へ、もっと左右へ。

　森の木々の気配を感じ、岩山の重厚な気配に触れ、生き物とそうでないものの感覚が混然としはじめる。そして北窯軍の兵の雑多な塊を感じ、似たような命の集まりを見つけた。

　——東威の国境兵……？

　命の塊は北窯軍に比べてずっと小規模だ。だが、村落の人々のような穏やかな気配ではなく、武装した者が放つ、鉄の匂いを纏わせている。

　さらによく観察しようと、その魂へ手を伸ばしかけたが、同時にぐらりと身体が傾く気がして、凪は目を開けた。

　白い絨毯の毛足が視界に入る。蹲ったままだ。息を吐くと、身体は水中から上がった時のようにずんと重みを増した。

——これ以上は無理か……。

手で支えても、上体が鉄の塊のように重くて、小刻みに腕が震える。頭から血の気が引くのも感じた。凪は倒れてしまわないように、慎重に姿勢を戻して報告した。

「北西五里のあたりに人がいます。東威の兵だと思います。規模はおそらく二十人から三十人ぐらいまでだと思います」

「わかった。ご苦労だった」

ヒンはこちらの状態をよくわかっているようだった。ばさっと長衣をかけられ、肌を隠すと抱え上げられる。

「牢《ろう》まで自分で戻ることはできないでしょう。連れていきますので、場所を教えてください」

◆◆◆

北窯軍は順調に帰路についていた。その夜も、天焔は放った斥候の報告を幕屋で聞いていた。

「確かに、崖裏に十五人ほどの小隊が潜んでおりました」

「うむ。ご苦労だった。では進行は予定通り迂回路を行くように」

「は……」

幕屋は円形で、色鮮やかな織の絨毯が敷かれ、椅子、机、巻物を置くための棚が設えられている。

天焰は肘掛付きの椅子に座ったまま、幕屋の続き間に目をやった。

そこは〝読み子〟のために急遽《きゅうきょ》増設した小さな部屋で、じかに座れるように羊の毛皮を絨毯代わりに敷き詰めている。

凪の〝先読み〟は、すべて的中していた。

天焰は東威軍の駐屯先を読ませ、その都度、斥候を送って確認している。その精度は北窯軍がもともと把握している配備状況よりずっと正確で、さらに思わぬところに潜んでいた伏兵まで見つけることができた。

——なるほど、我が軍の追跡から逃げられたわけだ。

凪の危険予知の力が、華翡族の捕縛をあそこまでてこずらせたのだ。しかし、その力に感心すると同時に、いくつもの違和感もぬぐえない。

「……」

初日に薬の調合に訪れたのはヒンという男だった。しかし、次からはその兄である紋が調合に来ている。

——処方する薬の量が違っていた。

素人目に見ても倍以上違う。そして凪の様子から推察すると、処方の量が多いほど、深いトランス状態になるようだった。

真っ白い背中に、孔雀の飾り羽に似た鮮やかな円形の模様が浮き上がる。ほのかに肌全体が燐光《りんこう》を放つようで、表情まで巫女《みこ》さながらの神聖さを纏う。

幕屋ではないどこか遠い場所を視る眸《ひとみ》。しなやかな裸体。凪は、まるでその場で見てきたかのように正確に人数を言い当てる。敵が潜んでいる場所も、距離だけでなく地形を詳細に説明できた。ただ、その分体力の消耗が激しいのか、ぐったりと倒れ込んだまま意識を失うことが多い。

あれでは、身体が持たないだろうと思う。

世話を任せている鳴洛の報告によると、凪は日中ほとんど臥《ふ》したままなのだという。食も細く、見ている限り、身体は辛《つら》そうだ。

しかし、紋に確認しても大丈夫だとしか言わない。鳴洛が凪に尋ねても、同じ答えが返ってきたという。

——長と話ができればよいのだが。

華翡族の長は、思慮深そうな品のある男だった。捕らわれても取り乱さず、一緒に捕まった重鎮と思われる年配者たちも、皆静かだ。そして、どんな説得にも耳を貸さない。

「……」

あの一族の医薬知識は、どの国も手に入れたがる貴重なものだ。これまでにも、宥《なだ》められたり脅されたりは何度もあっただろう。けれど彼らは籠の鳥になるくらいなら、翼を折るほうを選ぶのだ。

むしろ、長の助命に躍起になっているのは紋たち若者のほうだった。彼らは長や長老の捕縛に動揺し、彼らを取り戻すためならなんでもしようという態度になっている。

天焔にはそれが、すべて凪の負担になっているように見えた。

——使える手駒はあの少年しかいないのだから、仕方がないことだが。

証文の〝家族の命までを功績に含める〟という文に、貢献度を上げればその分恩赦の人数が増える、と期待してしまったようだ。

紋たちがひとりでも多くの同胞を救おうとするのはわかる。だが、それで負担が増えるのは凪だけなのに、当の凪も同じように、なんの疑問も持たずに己を酷使する。天焔にはそれがどうしても納得し難かった。

はた目におかしく映るほど、一族の凪に対する扱いは軽い。しかも命じる紋たちも、凪の犠牲を当然のこととしている。

——何故だ？

同胞からあれほど蔑まれた扱いを受けながら、躊躇わない凪の一途《いちず》な眼も不思議でならない。

天焔は長いこと、あの黒い瞳を思い返していた。


翌日も、野営の設営が一通り落ち着いた頃に、翌日の行軍ルートの〝先読み〟が行われた。

捕らわれた長の代わりに、一族の代表者となっている紋が毛足の白い絨毯に座っている。やがて、部下の鳴洛に連れられて凪が来た。

「よろしくお願いいたします」

「……」

凪は同族の紋に、その都度丁寧に頭を下げる。天焔は、幕屋の端のほうでその様子を眺めていた。

――昨日より顔色が悪い……。

凪の疲労は明らかだ。日に日に肌が青白さを増し、気を張って歩いているつもりだろうが、動作に不安定さが垣間《かいま》見える。だが、紋の処方する薬は、本人の衰弱に反比例するように量が増えていく。

まるで、弱った凪の力を無理やり薬で拡張させるかのようだ。

「飲め」

「はい」

服を脱ぎ、薬を溶かした杯を渡される。凪は倍増された薬を大人しく飲み下したが、効きが悪いのは見てわかった。

背中の鮮やかな模様が、一瞬浮き上がるだけですぐに薄く消えかかる。凪は顔をしかめながらなんとか気配を探ろうとしていた。

「南南東二里半のところに、気配がありました」

「数はどのくらいだ」

「……それが」

よく見えない……と小さく答えると、尋問していた紋は眉間に皺を刻んで、一旦はしまった薬紐を取り出す。追加で薬を削る紋に、凪が頭を下げた。

「申し訳ございません」

「過剰に処方するのは、身体への負担がすぎるのではないか？」

「殿下……」

紋に問うと、融通の利かなそうな真面目な顔が向けられる。

「いえ、酒ほどにも負担のないものです」

「だいたいの予測ができているのなら、もうよい」

「いえ、そういうわけにはまいりません。お約束ですから。凪、できるな？」

「はい、問題ございません」

「……」

少しでも価値を示したいのはわかる。だが、再び薬を飲み、孔雀色の鮮やかな模様が浮き上がると、凪は身体を引き攣らせて目を閉じた。

荒い呼吸で喉が鳴り、手を突くとぐらりと上体が傾《かし》いて、思わず鳴洛が近寄りかける。

「大丈夫、です……」

凪自身が手で遮る。苦痛が窺える呼吸を懸命に整え、凪は額に脂汗を滲《にじ》ませながら声を絞り出す。

「規模は十五人程度です…………五人ほどが、山頂方向に向かっています。東威軍の本営に戻っている……の、では……ないかと……」

言い終わらないうちに、凪は姿勢を崩した。天焔はとっさに手を伸ばして片膝を突き、その身体を抱えた。

腕の中で、凪がぜいぜいと呼吸を繰り返しながら読み続けている。

「もうよい。充分だ」

「ですが……まだ、その先に本営が……」

「山向こうまで読めとは言っておらぬ」

「で……も……」

もう無理だろうと思った。凪の手は空《くう》を掻《か》いていて、息をするのが精いっぱいのようだ。身体が熱い。

天焔は抱き上げて己の肩に掛かる布でその身体を包んだ。

「しばらく先読みは中止する。紋、ご苦労だった」

「殿下！」

鳴洛に退出を促され、紋は焦った顔をしている。天焔はそれにかまわず、深紅の布に包んだ少年を、自分の幕屋の牀《ねどこ》に連れていって寝かせた。


二日ほど経《た》った夜、天焔は幕屋で後ろに控えていた鳴洛に申し付けた。

「華翡族のヒンをここへ呼ぶように」

「は……」

凪はあのあと、意識を取り戻すなり恐縮し、自分に与えられたテントに戻ってしまったが、先読みは中止したまま養生を言いつけてある。

しばらくあって、ヒンが連れられてきた。しかし前回と同じく、儀礼的に拝礼しただけで相変わらずにこりともしない。まるで大国同士の接見とでもいうように頭《こうべ》を上げ、不遜《ふそん》ささえ感じる態度だ。

——面白《おもしろ》い。立場は対等……と言うつもりか。

ヒンの口調は礼節を保っている。ただ従属国の人間たちが見せる、大国に阿《おもね》る視線がない。天焔には、その矜持《きょうじ》が好ましく映った。

差し向かいに椅子を用意させ、対等に遇して問いかける。

「聞きたいのはほかでもない、あの読み子の少年のことだ」

疲労している様子からして、酷使しすぎたのではないかと尋ねると、ヒンは表情を緩めずに問い返してきた。

「何故、紋ではなく私に聞かれるのです」

「そなたの時だけ、薬の調合が極端に少なかったからだ」

「……」

「薬の量と背の模様の鮮やかさが連動していた。深く予知をさせるためには、より多くの薬を用いねばならない。だがその分、身体への負荷が増す……違うか？」

ヒンはしばらく黙ってから頷く。

「その通りです」

「そなたが量を抑えたのは、あの少年のためか？」

いえ、とヒンは首を横に振る。視線を落としながらも、その目には怒りが含まれていた。

「あれは、私個人の考えでしたことですから」

役目の交代は、華翡族の判断によるものだったと鳴洛から聞いている。一族とヒンの考え方が異なったのだろう。

天焔はヒンの人となりを推測した。若さゆえの頑《かたく》なさはあるが、状況が見えない男ではないのだ。一族の掟も了解し、大国に捕らわれた状況も理解しているから、渋々自分の考えを引っ込めている。だが、一族の方針にも納得していない。

「そなたの兄、紋にとって大事なのは長の命だろう。そのためなら読み子ひとりくらい使い潰してもよいと考えていそうだ。だが、そなたは違うのではないか？」

「……」

「私はそなたの考え方を聞きたい」

ヒンの眼が軽く驚きを帯びた。そして逡巡《しゅんじゅん》してから、意を決したように話し出した。

「私の処方量が少なかったのは、あの量でわかる範囲で充分だと思ったからです」

武装していない華翡族ならともかく、北窯の正規軍の装備なら、敵のだいたいの位置がわかれば、人数まで言い当てずとも応戦できるはずだと言う。

「証文には〝詳細に予見せよ〟とは書いてありません。対価として相応なはずです」

確かにその通りだ。ヒンはそのまま話し出す。

「そもそも、先読みとはこんな些細《ささい》なことに使うべき力ではありません」

追われていた時は、逃げ延びることが一族の命運そのものだったから凪を頻繁に使った。けれど、本来は長老たちの経験でも判断しきれないほど難しいことが起きた時にしか使わないと言う。

「兄が必死になっているのは、自分の失態を挽回《ばんかい》しようとしてのことです」

「……」

華翡族の次期リーダーになる者として、長から期待をかけられ、若者の集団を任された。なのに、うかうかと北窯軍に捕まってしまったことを恥じているのだ。

「最初から凪を使いすぎていた。意識を失うまで読ませて……私は反対したのに」

紋は慎重になるあまり、行く先々を細かく把握しようとした。凪は、命じられれば必ずそれに従う。

「読み子を使いこなす器量も長の条件です。けれど兄はそれができなかった。失敗することに慣れていない兄にとって、今の状態は恐怖そのものです」

平時なら、年長者の言いつけを守り、人との和を保つ善《よ》きリーダーだ。だが、前例のない状況で臨機応変に指揮するのは、紋の最も苦手とする分野だと言う。

「凪を池で奪われた失態を、凪で取り戻そうとしている。兄にとって、長の命を救うことは己の失敗を帳消しにする成果なのです。だが、それは間違っている」

ヒンは、〝長はこんな形での助命など望んではおられないはず〟ときっぱりと言い切る。

「読み子を使って命を助けられたところで、我々が虜囚であることに変わりはない」

「……」

「長のご意志を伺う機会をいただけないでしょうか」

人を立ち合わせるのは勿論《もちろん》のこと、どのような制約も受け入れる。だから長に会わせてくれと言い、あれほど誇りを示していたのに、深々と頭を下げた。

「伏してお願い申し上げる。長がおっしゃるのなら、我々は北窯にも従う。長のお考えを知りたいのです」

——なるほど、この面談を好機とみたか……。

一族の代表者は紋だ。北窯軍との交渉の場に、ヒンは出られない。自分の考え方を伝えられるのは、今しかないと踏んだから、敢えて身内の未熟さを暴露したのだ。

ヒンが兄の指揮を危惧するのは、部外者の自分でもよくわかる。

紋が無理を重ねるのは、失態の挽回という理由だけではないと思う。長が戻れば、自分が代表の役目を降りられるから必死になっているのだ。彼は、一族の責任を負う重圧に耐えかねている。

「会わせるのはやぶさかではない」

「殿下……」

長の意志も、ヒンの指摘通りだった。長だけでなく長老にいたるまで、誰ひとりとして命乞いはしていない。

戦は力の強いほうが勝つ。逆らう者には死しかない。それが戦国の世の習いだ。

——だが、殺してしまうには惜しい。

帝の御前会議で決定されていたのは、見せしめとしての処刑だ。だが、北窯に屈したという形式さえ整えれば、全員恩赦で生かすこともできなくはない。

「私は、華翡族を滅ぼしたいとは思っていない」

ヒンが、訝《いぶか》し気な視線を向けてくる。天焔は朗らかな笑みで返した。

「優秀な薬師はいてもらわねば困る。私もいつ病に罹《かか》るとも知れぬからな」

華翡族の持つ知識は高く評価している。

「だが、どこの国にも所属せぬ民がいるというのは容認できぬ」

「……」

「こちらが欲しいのは、北窯の民が例外なく従うという事実だ。服従するなら、北窯の民として一族の住める土地を与える」

仮に、そこを出ていくとしてもそなたたちの自由だ……と軽口に落としどころを匂わせると、ヒンの眼が、言葉の真意を測ろうとじっと見つめてきた。

もとより、囲い込めるような一族ではないとわかっている。だが、いずれどこかが所有することになるなら、北窯の民にしておきたい。

「北窯軍をこれだけてこずらせた一族として、すでに名は響いている。もしここから自力で逃げたとしても、そなたたちはどの国からも狙われるだろう」

どうやって北窯軍を出し抜いたのか、三十の属国すべてが聞きたがるに違いない。それはいずれ、災厄を予見する一族の秘儀を世に知らしめることになる。

「名声も上がるだろうが、光が当たれば闇もその分深くなる。諸国に追いかけまわされるのでは、今と状況は変わるまい」

北窯への降伏を、長に説得できるなら会わせてもよいと言うと、ヒンは意外そうな顔をした。

「何故、私なのです……」

「面会はそなたが望んだことではないか」

机に肘を突き、酒杯を片手に笑うと、ヒンはそれまでの鋭さを失い、戸惑った顔をする。

「……そうですが、何故紋ではなく私にお命じになるのです」

「そなたが適任だと思ったからだ」

後継者をヒンにしなかった長の判断は正しいと思う。ヒンは聡《さと》いが、リーダーには向いていない。一匹狼《おおかみ》の性分だ。しかし、だからこそ独断で行動できるという利点がある。

「我が国の意図を伝えて説得する役だ。紋にやらせるわけにはいくまい」

悪意ある者なら、北窯に寝返り、土地と引き換えに長を説得した裏切り者だと謗《そし》るだろう。そういう汚れ役を後継者の紋がやったら、華翡族全体の評価が下がる。

「次の長たる紋はこの取引を知らなかった。すべてはそなたひとりが単独で動いたこと……そういう名目が立てば、華翡族の名にも傷はつかない」

「……」

長い沈黙のあと、ヒンが口を開いた。

「承知しました。どう判断なさるかは長次第ですが、伺ったままをお伝えします」

「ほう……」

意外だった。もっと抵抗するかと踏んでいたのに何故承知したのかを尋ねると、ヒンはすっと幕屋の続き間に視線をやった。

「凪が殿下を災厄とは見做《みな》していないからです」

協力しているのが、何よりの証拠だと言う。

「凪が禍《わざわい》と判断しないのなら、一族にとって貴方《あなた》は信に足る。だから、私は貴方の言葉を信じます」

それに、とヒンは少し眼を伏せた。

「〝光が当たればその分闇も深くなる〟……これも本当だからです」

「……？」

「凪は、我が一族の〝影の部分〟です」

「影……？」

問い返すと、兄よりも鋭さのある眼が、まっすぐ天焔に向けられる。

「そうです。一族が天の恩恵を受ければ受けるほど、その代償に影が生まれる。読み子は、そういう時代にだけ生まれると言われています」

闇を吸い込むから、その瞳は漆黒で生まれてくる。一族に黒い瞳の子どもが生まれると、その子は〝読み子〟とされる。

「繁栄の代償を、その子どもがひとりで受けます。だから、誰もその穢れに近寄らない。けれど、その子どもも穢れを引き受けた代償に災厄を読み当てることができるから、一族の中で役割をもらえて、生きていける。我々の一族は、そうした陰陽の均衡で成り立っている」

悪神や祟《たた》り神というように、人にとって悪いことをする存在も、何故か「神」という名前がつく。善きものも悪《あ》しきものも、人間の領域を超えた力は尊崇の対象になるのだ。

凪は一族の災厄をすべて引き受けた存在として、忌み、恐れられると同時に大切にされる。天焔はその微妙な立ち位置を興味深く聞いた。

確かにここ十数年、疫病が流行《はや》ったという要因もあって、華翡族は穏やかな繁栄を続けていた。毒薬から秘薬までを扱う華翡族の名は、花南のみならず北窯まで聞こえており、支配下にある国の王や貴族でも、華翡族の薬に頼ったという話が出る。

民草に処方する際の対価は、相手が差し出せるものだけ。ただし、持てる者が求めてくる時は、相手の財に合わせて対価が変わる。『華翡族の薬はよく効くが、決して安い買い物ではない』と言われている所以《ゆえん》だ。

「〝薬師の一族〟が、我が一族の光の部分だとしたら、凪の存在は闇の部分だ。災いを予知できる子どもがいると知られたら、殿下のおっしゃるように、薬以上に欲しがる者が出てくる」

しかも、それは都合よく生まれてくるものではない。

「凪の命も、そう長くはない。けれど読み子の名が知れ渡ってしまったら、読み子が死んだあとも、一族は他国に狙われるようになってしまう。一族の闇が、他国の闇を引き寄せてしまうのです」

それは陰陽のバランスを崩す。

「一度陰に傾いたものを戻すのは、傾いた時の何倍もの力が必要になる」

だから、提案の通り他国の注目を引かない方法が取れるのなら、そのほうがいいとヒンは言う。だが、天焔はさらりと告げられた寿命のほうが気になった。

「命が長くない……とはどういう意味だ？」

ヒンはこともなげに言う。

「言葉通りです。予知は命と引き換え。己の命を削ることで、危険を読み、報せるのです」

「……」

けれど、それは一族にとって正と負の傾きを是正する自浄作用でもあるのだ。

「凪が死ぬ時、一族の繁栄も終わるが負の力も消える。陰陽の和が整うのです」

だからその命が尽きるまで、一族は躊躇わず凪を使う。静かにそう告げるヒンを、天焔は黙って見ていた。

◆◆◆

凪は、与えられた小ぶりなテントの中でじっと身を横たえていた。

逃亡や自死の危険がないと判断されたのだろう。予知をするようになってからは牢から出され、入り口に監視は付くものの、兵と同じようにテントで寝泊まりできるようになっていた。

造りは、厚めの布を粗い三本の柱で支えただけの簡素なもので、むき出しの地面に獣の皮の寝袋を敷き、上掛けも枕もない。

――今日も、お召しはないのだろうか。

天焔が先読みの中止を命じてから、ずっと仕事はなかった。けれど行軍は通常通り移動している。今日も、こうして野営の場所が整ったというのに、呼ばれる気配はない。

予知をせずに済むのは、身体にとってはありがたいことだ。北窯軍に追われたひと月の間は例外的で、本来、そう立て続けに使うような力ではない。今も、じっとしているだけで息をするのも辛い。けれど、己の役目をこなさないことで、その働きが不充分だとされたらどうしようという不安がある。

長の命が救えなかったら……読み子の予知に価値がないと判断されたら……。

「……」

でこぼこした地面に建てられたテントは隙間だらけだ。少し顔を向けると、地面との隙間から夕陽で黄金色に反射した外の地面が見える。

まるで、あの皇太子の髪のようだ。

――……。

北にある北窯は、目もくらむような華麗な都なのだという。深紅の旗をいくつも掲げた騎馬隊を従え、宮城に入る天焔を想像していると、ふいに幕の端がめくれて、夕陽が小さな幕屋いっぱいに差し込む。眩《まぶ》しさに目を眇めると、光の中に天焔がいた。

「具合はどうだ」

――天焔殿下……。

起き上がろうとすると、天焔は傍《かたわ》らに片膝を突く。

「よい。様子を見に来ただけだ」

「……恐れ入ります」

押し留めるように皮の寝袋に置かれた手が、ほどよい重みを伝えてくる。随従してきた鳴洛が、後ろで言う。

「体調が戻るまで、まだしばらく先読みを休んでよいとの仰せだ」

「身体はもう大丈夫です」

休みは要らない、そう言うと天焔が宥めるように微笑んだ。

「証文のことを気にしているのなら、心配は要らぬ。そなたの働きはすでに我が軍に充分な利益をもたらした」

約束通り、都に着いたら長一家は恩赦すると言う。

「安心して休め」

礼を言う前に、天焔の表情が案じたものに変わった。

「先読みが、命を削る行為だとは知らなかった……安易に使役したことを許せ」

「殿下……」

見上げた先には、粗末なテントには似つかわしくない、厚い絹の衣を纏った皇子がいる。誰もがひれ伏す相手に、詫《わ》びを口にさせるのが申し訳ない。

凪は天焔を見つめたまま、首を横に振った。

「何かを得るために代償を払うのは当然です」

こちらは長の命を助けてもらわねばならない側だ。長だけではない。一家の命が保証されたのなら、次は長老をはじめとした重鎮たちの助命を乞わねばならない。

自分たちが払える対価はこの力だけ。むしろ先読みの力を使ってもらわねば困るのだ。

「どうぞ、私のことはお気になさらずお召しください」

深紅の瞳が陰る。わずかに眉根が寄せられ、そして静かに息を吐くと、剣を振るう力強い手が額に伸ばされた。

「死に急ぐな……そなたの命は一族のものではない」

――天焔殿下……。

「兵の死をいちいち嘆いていては、将は務まらぬ。しかし、私は兵の数を路傍の石と同じように数える気はない。ひとりの兵の損失は、一つの魂の損失だと肝に銘じている」

だから、命を簡単に扱うなと諭す。静かに、けれど信念を持って語られた言葉に、凪は瞬《まばた》きすら忘れて天焔を見つめた。

「そなたの命は、そなたが天から授かったもの。自らの意志で全うすべきものだ」

「殿下……」

貴人の手にしては、鍛えられた強靭《きょうじん》さを感じる。その指がくしゃっと細い黒髪を掻き混ぜた。

温かくて、少しくすぐったい。

「そなたを見ていると、痛々しくてならぬ」

そう言うとすっと立ち上がり、眩《まばゆ》いほどの夕陽がその背中で遮られる。天焔は控えていた鳴洛に申し付けた。

「ここでは身体を休めることもできないだろう。せっかく読み子のために用意したのだ、続き間の幕屋へ居を移せ」

「かしこまりました」

「もし先読みを頼むとしても、それは身体が回復してからだ」

天焔はそのまま振り向かず去っていった。はらりと戻されたテントは、日暮れの風にはためいてバタバタと音を立てた。


天焔の言葉通り、ほどなく凪の居住は先読みに使う幕屋に移された。

白い毛足の敷物だけだった場所に、竹で作られた簡易な牀が用意され、羽毛を詰めた上掛けが整えられている。食事は、野営先には似合わない銀盆に載せられたものが与えられた。よく見ていると、繋げてある隣の幕屋に食事が届くのと同じタイミングだった。凪は、この豪華な食事はおそらく天焔と同列のものなのだろうと察した。

行軍する日中も、牢だった馬車の中に牀が固定された。柵には天井から薄物の覆いが掛けられ、ひと目を遮った状態で横になったまま移動できるようにされていた。

まるで天地がひっくり返ったかのような待遇の違いに、恐縮するというより驚くばかりだ。

日のあるうちは馬車にいて、野営地が決まると、兵士たちが天焔のための幕屋とともに凪のための

続き間を設営する。自分で移動するのはこの時だけとなった。凪は、一日のほとんどを養生して過ごしている。

隣の幕屋への入り口は厚い織の布で仕切られている。それでも、じっと横になっていると気配や音が聞こえた。

「……」

天焔の幕屋は人の出入りが絶えない。

軍の幹部を日替わりで呼び、懇談を兼ねた夕食を摂《と》っているようだ。そして食事が終わると警備、補給、外交、本国との連絡係が次々とその日の報告に訪れる。凪はそこで、自分の先読みとは別に、斥候部隊が進軍予定の場所をあらかじめ調べていたことを知った。

――読みとの差分を測っていらっしゃったのか……。

北窯軍が、偵察もなしに軍を動かすなど、あり得ないのだ。

山を越えた隣国、東威は好戦的な国だ。たとえ正面切った衝突でなくとも、大軍が傍を通ったというだけでひと悶着《もんちゃく》起きかねない。わざわざ近寄るルートを取ることで局地戦になるのではないかと心配していたのだが、天焔は最初から充分配慮していたようだ。

――それにしても、北窯では将がここまで直接采配なさるのか……。

大国の将とは、もっと下の者に任せきりなのかと思っていた。実務は実行部隊が引き受け、貴人はその報告を受けるだけかと思っていたのに、天焔は一万もの大軍の先頭から最後尾まで、各地点の報告を直接聞いている。勿論、多少まとめた単位なのだろうと思うが、補給状況から兵の負傷者の数までを把握しているのは意外だった。

さらにこの軍に〝地図係〟が編成されているのも知った。国に戻りがてら、地形だけでなく、開墾された土地や橋梁《きょうりょう》が整備された河川などを把握していくのだ。日々の報告に訪れる測量士たちとの会話で、天焔が〝その地図はやはりだいぶ古かったのだな〟と笑っていたから、自国の持つ資料を、新しい情報に更新するのに必要なことなのだろう。

ただ定住を拒む華翡族を捕縛するためだけに来たわけではないのだ。これを名目に花南へ乗り込み、花南の内政を監督し、国土の状況を調べ、東威へのデモンストレーションも兼ねる。そういう無駄のない戦略だったのだと、凪は改めて感心した。

隣の幕屋は夜遅くまで灯りがついている。そして来客が途切れたかなと思うと、しばらくして厚い織の仕切りがめくられ、天焔と鳴洛が部屋に来た。

そっと足音を忍ばせて牀の隣に来る気配に、凪は慌てて目を瞑《つむ》る。

「眠っているか？」

「はい。そのようです」

目を閉じていても、毎回、天焔にじっと見られているような気がして妙に緊張する。頬が熱くなるのを抑えるのが大変だ。

鳴洛が灯りを近づけて様子を確かめると、すっと二人とも出ていく。一度こうして出ていくと、しばらくは戻ってこない。

遠ざかる気配とともに、時々兵士たちの大きな返事が聞こえるから、きっと、天焔は散策とでも言いながら軍の状況を見て回っているのだろうと思う。

半刻ほど経って、来客の来る幕屋の反対側に、ようやく天焔たちが戻ってくる気配がした。そこは天焔の寝所だ。

月は天空高くに上っている時刻だろう。そして行軍は陽のあるうちに距離を稼がなければならないので、夜明けとともに起き出して出発する。

なんとタフな将だろうと感心していると、ふいに幕屋の入り口が少しめくれ、鳴洛が灯りを掲げて中を覗《のぞ》いてきた。

「あまり夜更かしをするなよ」

――……！

眠ったふりを気付かれていた緊張に、薄暗がりで頬が引き攣る。だが鳴洛は一言告げるとそのまま出ていってしまった。

「……ふう」

詰めていた息を吐くと、幕屋の静けさがかえって際立つ。

《死に急ぐな……》

黄金色に照らされたテントの中で、天焔が言った言葉が脳裏に甦《よみがえ》った。

先読みは、己の寿命を対価にして得るもの……それははじめから知っていたことだ。

死に急いだつもりはない。むしろ、まだ恩赦してもらっていない一族の数を考えると、少しでも長く持ちこたえて、軍に貢献しなければと思うくらいだ。

——けれど、殿下にはそう見えたのだ……。

天焔の言葉は、どれもぴんとこなかった。

天焔も、こうして自国のために軍を指揮し、国に尽くしている。それが国を統べる家の皇子として生まれた運命《さだめ》であり責務だ。

誰もが、己の所属を無視することはできない。どこの国にも属さないと明言している華翡族でさえ〝華翡族であること〟はやめられない。

だから天焔の言葉はわからなかった。自分の命を、自らひとりでどう扱えというのだろう。一族の一員である自分と、一国の一員である天焔と、何が違うというのか。

けれど、天焔の言葉が心の中に何度も響いた。それは聞いたことのない音楽のように、自分の胸を叩《たた》く。

——あの方の、声のせいだろうか。

力強く、生命の輝きが響く声。気配を読み取る能力に長ける自分には、ことのほかそれが心地よく感じられる。向けられた労《いたわ》りと、静かで温かな感情が春風のように頬を撫《な》でた。少なくとも天焔は、一兵卒と変わらない読み子の命を惜しんでくれたのだ。

本当は、もっと焦らなければならない状況だ。長一家の命は保証してもらったが、四十名にも及ぶ一族の状況は、まったく把握できていない。

——私ばかりがこんなに厚遇で……。

吹き曝しの木枠の檻に入れられていた頃を思い返すと、彼らも同じような環境なのではないかと、申し訳ない気持ちになる。

――早く体力を回復させて、ほかの皆様の恩赦に値する働きをせねば。

凪は布を隔てた外側の、梟《ふくろう》の声や梢を鳴らす夜風に耳を澄ませながら眠りについた。


養生を言い渡されて七日ほど過ぎた頃だった。体調はやや回復し、起き上がっていても苦痛ではない程度になった。

天候は快晴で、青空にはのどかな鳥の声が響く。行軍も、樹海から離れ人里に近い街道を進んでいるせいか、緩んだ空気が流れていた。

凪が乗せられた馬車は、長い行軍の中ほどに位置していた。武器、食料を積んだ荷馬車列の先頭で、盗賊を警戒して左右を徒歩の兵が守っている。

無骨な木組みの外枠はそのままだが、四方に白い紗《しゃ》の布が掛けられ、布に鉄輪を噛ませて檻に繋ぎ留めてある。内側はやわらかく光が回り、覆いきれない場所から青空が覗く。

「……」

平和な光景だ。徒歩の兵たちの気楽な無駄話も時おり聞こえてくる。だが、凪は何故か胸騒ぎを抑えられなかった。

――禍が来る……。

怒気を孕《はら》んだ無数の命の気配がする。しかも、人間だけではないのが不安を煽《あお》った。まるで台風のように、その気配が渦を巻いて大きくなっていく。

　薬を使えばもっと鮮明にわかるはずだったが、そのためには、まず鳴洛に危険が迫っていることを報告せねばならない。

――もっと、せめて距離と規模がはっきりするぐらいまで突き止めなければ。

　凪は白く囲われた産屋のような馬車の中で、懸命に意識を研ぎ澄ませた。自力で感覚を増幅するには、まだ身体が本調子ではない。けれど〝なんとなく危険なものが来ている〟という程度では、鳴洛に信じてもらえないだろう。

――どこに……。

　松明《たいまつ》を掲げてあたりを照らすように、己の身体から熱を発して波紋を広げる。体内は炉のように灼《や》けはじめ、背中がズキズキと痛んだが、自分の身体にかまっていられない。

――熱い……。

　一度燃えた焚火が勝手に勢いを増すように、無理に押し広げた感覚が暴走しはじめ、むしろ凪の呼吸がついていけない。

「……っつ……」

　けれど止めては駄目だ。急いで災厄の影がどこにあるのかを探らなければ。

「く……っつ………」

――苦しい………。

感覚は広がっていく。だが身体が追いつかない。まるで全力疾走しているような気分だ。けれど、陽炎《かげろう》のように立ち上る黒い人影を捉えることができた。

――あれ……は………。

思ったほど人数はいない。だがそこが川の上流だと気付いて、凪は戦慄して目を開けた。

――堰《せ》き止められている。

人だけでない気配は水だ。行き場をなくして渦巻く水が大きなエネルギーになっている。

現実の世界に戻ると、ひらめく布の間から、長い行軍の行く先が見えた。一年中花南の国内を移動していたから、この場所がどこかわかる。この先には川があるはずだ。

凪はふらつく身体を無理に立たせ、馬車の両脇を進む徒歩の兵に声をかけた。

「恐れ入ります……至急、天焔殿下にお伝えせねばならないことが……」

報告しに行かせてもらえないかと頼むと、兵ははるか先頭を見やって言う。

「鳴洛様にお伝えしてみる。ちょっと待て」

「急ぎの儀で……一緒に行かせていただくわけにはまいりませんでしょうか」

膝はガクガクしたが、取り次ぎを待っていては、先頭が橋を渡ってしまう。だが相手は承知しない。

「馬鹿《ばか》を言え」

――間に合わなくなる。

説得している余裕はない。焦りと緊張で背中がぞわりとする。凪は許可を諦めて馬車を降りた。

「あ、コラ、勝手に出るな」

「お許しを、時間がないのです」

「ならぬ！　華翡族のくせに、何様のつもりだ！」

兵は槍で行く手を阻み、馬車に戻そうとする。凪は地上の強行突破は無理だと悟り、身を反転させて馬車の木枠を蹴り上げ、その上に立つ。

「きさま！」

「申し訳ございません……」

備品を積んだ荷馬車のずっと先に、豪華な屋根の馬車が見える。天焔のいる場所はあのあたりではないだろうか……。

凪は躊躇わずに、軽々と馬車から馬車へ飛び移ってその上を走った。

「待て！　どこへ行く！　誰か！　華翡族が逃げたぞ！」

追え、と叫ぶ声と同時に、両脇を固めていた兵たちが捕まえようと馬車に群がる。だがそれより早く凪は前方へと駆けた。

華翡族は樹海の枝から枝へと、軽業師のように飛び移って移動できる。身体は悲鳴を上げていたが、今はそれにかまう余裕がない。

――殿下に、お知らせせねば……。

「は……っつ……は……」

心の臓が破れそうだ。手足がもつれて転びかける。しかし、それより危機感が背中を強く押した。

――列が、長い……。

凪の想像より、軍の列は長かった。見える限り、先頭はもう川を渡り終えている。

――殿下は……殿下の馬は……。

騎馬兵が駆け寄り、危うくその槍で屋根から落とされそうになったところで、騎乗して橋の直前にいる天焔を見つけた。

走りながら叫ぶ。

「お止まりください！　鉄砲水が来ます！」

「！」

捕獲しようとする騎馬兵を、鳴洛の声が止める。凪は馬車の屋根から飛び降りて、天焔の馬の脚元までたどり着き、どうにか拝礼の格好だけつけることができた。

「川上に東威兵がいます。川水を……堰き止めて……いて……」

天焔は迷わず片手を挙げて命じる。

「軍を止めよ！」

声が響き渡るのと、遠くでどーんという地鳴りが轟《とどろ》くのはほぼ同時だった。何事かと立ち竦《すく》む兵たちが、上流から茶色い濁流となって躍りかかってくる鉄砲水にわっと驚く。

「水だ！」

「水が来るぞ！」

「退《ひ》け！　退けーっ！」

騎馬の上官たちが大声で指示を繰り出し、伝令の馬が後方へと走っていく。統制は取れているが、あっという間に押し寄せてきた激流に何人もの歩兵が飲み込まれ、馬と人の悲鳴が響いた。

凪は天焔に抱き上げられ、馬で川から離れる。天焔は凪を片手で軽々と抱えながら、よく響く声で指示を飛ばしていた。

「樹海側へ退避せよ！　救護隊は流された者の救出に向かえ！」

凪は自らも救助に向かおうとする天焔に、荒い息で告げる。

「敵襲が……あります。川水で分断させて……襲ってくる気です……」

鬨《とき》の声が黒い煙のように人影とともに見えていた。怒りの息を吐き、血を欲する人々が駆けてくる。

「騎兵が……っ……百を、超えて……まだ、数え切れなくて……っ……っく……」

息が続かない。だが言い切るより先に、天焔の手が頬を包んだ。

「もうよい、その規模ならあとはこちらでやる……それ以上読むな」

――殿下……。

赤い鋼のような瞳が、力強く微笑む。

「よく報せてくれた」

手綱を引き、カツッと馬が方向転換する。

「応戦できる者は私に続け！　東威が来る！」

天焔の指令に、分厚い戦装束の武将たちが即時に周囲を取り囲む。全員抜刀し、すでに臨戦態勢だ。

凪は鳴洛に手渡されそうになり、慌てて天焔に進言した。

「お……おまち、ください……戦うとしたら……川上へ……っ……」

「力を使うな」

眉根を寄せる天焔に、凪は首を横に振る。

「先読みでは……ございません。この地の質を、知っておりますので」

川下に行くほど泥土となる土地だ。今は乾季だから土は乾いているが、川水が溢《あふ》れれば泥地となって馬や歩兵の足を取る。

「足場で、不利になります」

敵陣に突っ込むことになったとしても、地盤が硬い川上へ行くほうが戦いやすい。息を上げながらそれを伝えると、天焔が覇気をみなぎらせて頷く。

「わかった」

鳴洛が凪を受け取ると、天焔はマントをひるがえして先陣を切る。

「敵は百騎程度だ！　逃がすな！」

おう、と言う野太い声が四方から響き、軍将たちが東威軍目指して駆けていった。その後ろに部下の騎兵と歩兵が続き、何も言わずとも陣形が組まれている。そして応戦に出る隊と、行軍の補給物資を守る保守隊、流された者を救出に向かう部隊が綺麗に分担されていた。

――なんという……鮮やかな……。

凪は、まるで天焔の手足のように動く軍に目を見張る。下級兵は鉄砲水にパニックになっているが、上官たちは冷静にそれを制御している。その上の隊長たちは天焔の動きを見ながら、自分の管轄の部隊を采配している。急襲されても、軍が浮足立つことがないのだ。

川向こうに渡ってしまった先頭は、馬上から旗通信で指示を受け取り、泥土に埋まる前に避難しはじめている。

この大軍を自在に操る、北窯軍の強さを垣間見た気がした。天焔が夜ごと各隊の将たちと連携を取っていたのは、この機動力を維持するためだったのだ。指揮官と兵たちの間に、信頼関係が築かれていないとこうは動けない。

――……よかった。

きっと天焔は傷一つ負うことなく戻ってくる。

張り詰めていた神経が緩み、目を瞑ったらもう瞼《まぶた》を開けることができなかった。

「凪！」

鳴洛の声がうっすら聞こえたが、それも霞《かすみ》のように消えていく。

凪の世界は土中深くに沈むように、暗く見えなくなっていった。

◆◆◆

その夜――。

急襲された北窯軍は何名かの犠牲者を出したものの、東威軍が大敗を喫する形で終わった。天焔は安全な場所まで軍を動かし、負傷者の手当てのために早い時間から野営させた。

各大隊、小隊の被害状況を報告させ、斥候たちに伏兵を発見し損ねた経緯を確認する。安全な行路を検討し、明日の出立を指示する頃にはとっぷりと日が暮れていた。

灯りを下げた幕屋の中で報告に来る人が途切れ、天焔は鳴洛のほうを振り返った。

「凪の容体はどうだ」

「まだ意識が戻りません」

今まで、先読みで負荷がかかる時の症状は発熱だった。しかし今回は脈が弱く、身体が死人のように冷えていると言う。同行している軍医に温石《おんじゃく》を用意させたが、体温は戻らない。

「紋は、まだ来ぬのか」

華翡族にも診せるように命じておいた。だが、鳴洛が首を横に振る。

「伝えましたが、〝意識がないなら、できることはないから〟と……」

「……」

華翡族は薬師の一族だ。確かに、薬を飲ませることができないのなら、ほかの手当てはできないだろう。だが、先読みの時は即座に応じるくせに、手のひらを返したような反応だ。天焔はすくっと立ち上がった。

「殿下……」

「では私が華翡族のところに行く」

《凪が死ぬ時、一族の繁栄も終わるが負の力も消える。陰陽の和が整うのです》

ヒンの言葉が心をチクリと刺す。

華翡族は、凪の死を待っているのだろうか。だとしたら、我が身も顧みず一族の命を贖《あがな》おうとした凪の気持ちは、どう報いられるのだろう。

――……。

命のやり取りに、理不尽はつきものだ。残虐非道な人間がぬくぬくと天寿を全うすることもあるし、善人があっけなく殺されることもある。けれど、凪の懸命さを見ているだけに、放っておけなかった。

幕屋を出ると、濃紺の空には星が瞬《またた》いている。長々と続く宿営地には、小隊ごとに兵のテントがかたまり、煮炊きの火が熾《おこ》されている。地面や小岩に腰かけ、夕餉《ゆうげ》を囲んでいる兵士たちの顔が火に照らされた。昼間の鉄砲水と交戦のせいもあって、いつもより賑《にぎ》やかだ。

兵たちの誰かが天焔に気付くと、皆慌てて立ち上がって拝礼する。見送られながら進むと、備品を積んだ馬車の最後尾に、華翡族の若いグループを集めた牢があった。凪を籠めた馬車と同じで、粗い木組みの檻に、それぞれ足枷《かせ》をつけて繋げてある。

和やかな兵の宿営地とは異なり、ここは松明で照らした隣に警備の兵が槍を持って見張っている。天焔は兵に、紋とヒンを出すように命じた。

二人とも素直に応じたが、何故来ないのかという問いには紋が答える。

「お伝えした通りです」

「加療はせぬということか」

「服薬なしに勝手をしたのですから……むしろ心の臓が止まらなかったのが不思議なくらいです。治療のしようがありません」

ヒンが静かに口を挟んだ。

「これで凪が命を落とすなら、それが凪の命運です」

きっぱりした眼は、〝これは一族内の問題〟と語っている。檻の中で成り行きを見守っている華翡族の誰もが、それに異を唱えない。

災厄の眷属である読み子が、一族の〝負〟を背負って死んでいくのを見守っている。まるでその刻《とき》を待っているかのような沈黙に、天焔の中で言いようのない憤りが込み上げた。

あれほど凪を酷使し、利用しておきながら、いざ昏睡《こんすい》したら厄介払いのようにその死を望んでいる。それが一族の浄化のためだったとしても、それではあまりにも凪の命を踏みにじっていないか。

「……わかった。ではあの少年は私が引き取る」

意外な顔をする紋に冷たく宣言する。

「凪は我が軍の窮地を報せた。その果報として北窯の民とする」

「お、お待ちください、それは……」

「そなたらには要らぬ者だろう」

「そういうわけにはまいりません！　殿下！」

狼狽する紋にかまわず踵《きびす》を返す。追いかけて言い募ろうとする紋は、見張りの兵に遮られた。

ヒンの声が聞こえる。

「大丈夫だ。どこにいようが読み子の命運は変わらない」

生きるか死ぬかは天が決める……兄を説得しながら、ヒンがわざとこちらに聞こえるように言っているのがわかる。

たとえ形だけ北窯の民にしたところで、読み子の天命は変わらない。ヒンの言葉が余計に怒りを増大させた。

――ならば、そなたらは捨てればよい。

逃げる時だけ頼りにし、その実、早くこの子が穢れを背負って死んでくれないかと望んでいるのなら、もう二度と凪を華翡族には帰さない。

「凪は今後、私の馬車で移動させよ。容体は軍医に診察させる」

「かしこまりました」

華翡族を関わらせるなと鳴洛に念を押し、天焔は怒りに任せて早足で幕屋へ戻った。

――凪……。

細身で、どうかすると少女にも見えかねない華奢《きゃしゃ》な容姿だ。だが、急襲を報せに来た時の、姿に似ない強さを思い返す。

――頑張れ。

命が尽きるにはまだ早すぎる。そして、華翡族がどのように定めようと、凪の人生は凪のものだ。

彼が生きたいと願う限り、きっと目を醒《さ》ますはずだ。

運命に逆らえ。己の望む生に手を伸ばせ。

「生きるのだ……」

天空に満ちる星々を見上げ、天焔は凪に呟いた。

東威との国境である山脈を越えると、そこから北へは荒涼とした大地が広がる。西に広がる砂漠から、風に乗って砂が吹き、乾燥に強いわずかな草と石ころしか見当たらない。北窯軍はそこを越え、七日の行程ののちに、首都・窯門《ようもん》へと入った。

都に入ると、整然とした大路《おおじ》、小路《こうじ》が碁盤の目のように縦横に広がり、人や牛馬が引く荷車が行き交った。庶民の家や小さな市場から、大店《おおだな》が並ぶ通り、貴族の屋形がどこまでも続く地域があり、そして窯門の中央に北窯の中枢、菱洞《りょうどう》城がある。

城は四方を壕《ごう》で囲まれ、正面に大門がある。トンネルのように厚く長い朱塗りのその門を抜けると、二万の兵が整列できる正殿広場があり、階《きざはし》を登った場所に帝が出座する金鏤正殿《きんるしょうでん》がそびえていた。朱鈍《にび》の甍《いらか》にどっしりと重い朱塗りの柱が並ぶ正殿と、渡り廊下で繋がれた建物の長い列は壮観だ。それでもここは巨大な菱洞のほんの入り口でしかない。この先の左右には行政院がひしめき、政治の中枢はもっと奥、そして帝の住まう宮は最奥にある。

帝を頂点に、その后《きさき》と妃嬪《ひひん》、数多くの皇子、公主《こうしゅ》たちの宮殿や楼閣《ろうかく》、役人から端女《はしため》の長屋までを含めると、菱洞城自体が一つの大きな街の規模だ。天焔は軍勢を率いて帝の前に報告に立った。

金鏤正殿に、冕冠《べんかん》を揺らしながら現れた父帝は上機嫌だ。天焔は白い階をひとり登り、北窯三十国を治める帝に拝礼した。

「ただいま戻りました」

「おお天焔、ご苦労じゃったの」

天焔の背後に整列した五千の兵は、微動だにしない。帝のやや高い声と、朗々とした天焔の声だけが響く。天焔は、下方で縄に繋がれた華翡族に視線を向けて報告した。

「あれなる者が華翡族です。北窯への服従を誓いました」

捕縛者の先頭で、ひとりだけ別にされていた長は、静かに跪き、拝礼の姿勢を取った。

「どうぞ寛大な恩赦を」

天焔も、型通りの口上を述べる。

ヒンの説得により、華翡族の長は一族全員の命の保証と引き換えに、膝を折ることを承知している。おそらく、恩赦して土地を与えてもまた放浪に出るだろうが、とりあえず諸外国への対面は保てる。事前に帝の側近たちに伝えておいたから、帝も意を汲んで茶番を演じた。

「以後、北窯に尽くすというのじゃな。存分に働くとよい。そなたらの住まう土地を与えよう」

「ありがとうございます」

長は淡々としている。帝は、用事は済んだと言わんばかりに天焔に笑顔を向けた。

「これで花南は安泰じゃな。やはりそなたの不在は不安でならぬ。早《はよ》う戻って来ぬかと日を数えておったわ」

「恐れ入ります」

「そなたの武勇をぜひ聞きたい。慰労の宴《うたげ》を設けてある」

「は……」

「そなたのための宴じゃからの。また〝火急の用にて……〟というのは御免じゃぞ」

「無論、出席させていただきます」

長々と続く酒宴を想像するだけでうんざりだが、余計な波風を立てても仕方がない。とにかく父帝は自慢の皇子を諸侯に見せびらかしたいのだ。ついでに言えば、独立されるのを恐れてちやほやしている。

「待っているからの。諸事などあとにして、必ず顔を見せい」

「かしこまりました」

盛大な銅鑼《どら》の音とともに、帝の退座が告げられ、ぞろぞろと着飾った近侍や女官たちがその後ろに続く。正殿の扉が重く軋みながら閉じられると、ようやく兵が広場から退場を許され、捕縛者たちが縄を外された。

華翡族は、恩赦の書が整えられ次第、天焔の直轄領に移送される。それまでは捕虜の収容所に留め置かれるのだ。

天焔はその場に残り、広場へと下りた。

戒めを解かれた長が気付いて振り向き、天焔と向き合う。

「定住は意に染まぬかもしれぬ。だが、どこへ薬草を求めに行こうが、北窯には華翡族が戻れる地があり、北窯の通行証も得られる。それは悪いことではあるまい」

「寛大なご処分に、感謝しております」

物静かな印象の長が頭を下げた。

「恨み言が一つもないとは申しませんが、これも時流……自由の民が許される時代は終わったのでしょう」

一族全員を連れて、逃げ続けることは不可能だと言う。

「全滅を覚悟しておりました。この御恩は、いつかお返しいたします」

「……あの少年は」

これだけきちんと礼節を保ちながら、この長もまた、決して凪を返せとは言わなかった。

「それほど、一族にとって忌むべき者なのか」

「……」

翡翠色の瞳が眇められる。

「読み子が死ぬ時、一族の隆盛も終わります。私は、北窯に屈したことが繁栄の終焉《しゅうえん》だと捉えました」

静かに、華翡族の長は続けた。

「殿下が凪をお連れになってから、華翡族は捕縛されました。そして凪はもう北窯のもの……一族からいなくなるという意味では死と同じことです」

「……」

長は、凪が一族からいなくなることで、陰陽の均衡が整ったと見做したのだ。

「………そうか」

切り捨てたのか、死ぬよりましという長の恩情なのか、その表情からは読み取れない。だが、長は華翡族の考え方に基づいて結論を出したのだ。

凪はもう使役されない。だが、一族に戻ることもない。

「あの少年が目を覚ましたら、そう伝えておく」

「ありがとうございます」

深く頭を下げられる。やがて移送を担当する隊が来て、天焔は連行されていく華翡族を見送った。

「殿下……」

ずっと凪の世話を任せていた鳴洛が近づいてくる。

「凪の意識が戻りました。持ちこたえたようです」

「……そうか」

見舞いに行ってやりたいが、宴好きの帝を待たせてやきもきさせるのは得策ではない。養生させるようにとだけ命じて、天焔は城へと向かった。


天焔は宴の席に着いた。

高い格天井《ごうてんじょう》には金と朱の塗りが施され、朱塗りの丸柱にも精緻な装飾が彫り込まれている。床も壁も鮮やかな模様で彩られ、螺鈿《らでん》細工の扉にいたるまで、華やかさを極めた宮殿だ。

二百人は超えると思われる貴族が参加し、宴の席は左右二列に長く伸びている。酒や肴《さかな》を運ぶ女官、楽を奏でる楽師や歌い女、中央で領巾をひるがえして舞う女たちまで、座は賑やかだった。

上座の中央には帝が、その左右には後宮の妃や夫人たちが侍《はべ》っている。皇子たちは諸侯の列の先頭だ。帝は、天焔が現れると上機嫌で皇子たちよりもっと近い場所に席を移動させた。

「そなたがわざわざ赴くような件ではないと思っておったが、あの華翡族を屈服させるとは、さすが天焔じゃ。一つの遠征で土産《みやげ》をいくつも持ってくる」

「東威とも一戦交えたのでしょう？　天焔兄上。ぜひそのお話をお聞かせください」

第四皇子が父帝の意を汲んで持ち上げた。諸侯も、帝が天焔をひけらかしたいのがわかっているので調子を合わせて盛り上げる。天焔は酒を口にしながら、適当に受け流した。

帝には十六人の皇子と、二十三人の公主がいる。その中で天焔は皇后を母に持つ第一皇子だ。諸皇子たちとは格が違うため、扱いにははっきりした差があった。

「すごいなあ、兄上は。私もその戦いをこの目で拝見したかったです。次の遠征の時は、ぜひ私も随従させてください」

「そうだ、そなたも兄の傍で戦術を学ぶとよい」

「はい、父上」

第四皇子は三つ子として生まれた。この国では多胎は慶兆なので、母の身分が低くてもそれなりに取りたてられる。本人もそれがわかっているから、ことあるごとにこうして存在をアピールしてくる。そして、必ずそれに同腹の第六皇子が張り合ってきた。南の属国の姫を母に持ち、その瞳は青味を帯び、黒髪もうねりを持っている。

「それにしても、四十人の華翡族を捕らえるのに、一万の軍で向かわれるとは驚きましたな」

第六皇子が杯を手ににやりと笑う。

「私なら、その半分、いや、一千の兵で向かいますが」

「英芯《えいしん》兄上ったら、またそんな大法螺《ほら》を吹いて……天焔兄上のご判断に、間違いなどあるわけないでしょう」

天焔が一万の兵を用意したのなら、それが必要な数だったのだと第四皇子が言う。非難めいた話にして父の機嫌を損ねまいと必死だ。

「英芯兄上は、戦ったこともないくせにえらそうなことを言うんだから」

「出陣する機会がないのに、どうやって実績を作るんだ」

手柄を立てる場もない、と父に水を向けた。

「一国の世継ぎが、そうそう気軽に国を空けることもないでしょう。次に遠征がある時は、ぜひ私にお命じください父上」

「そうじゃの。儂《わし》もそう思う。次はお前に任せよう」

「はい！　必ず吉報をお持ちいたします」

約束を取り付けた第六皇子はぎらりと眼を輝かせた。アピールし損ねたほかの皇子たちが、それを嫉妬と羨望《せんぼう》の眼差しで見つめている。

数が多い分、下手をすると名前すら思い出してもらえない皇子もいる。誰もが頭一つ抜きん出て、あわよくば天焔の座に成り代わりたいと必死だ。それは並み居る貴族たちも同じで、この広大な宮廷で埋もれてしまわないように、宮の鮮やかな装飾や後宮の女たちと同じくらい妍《けん》を競っている。

「……」

天焔は心の中で小さくため息をついた。

政治や宮廷が嫌いというわけではない。人嫌いということもない。だが、宮殿の豪華な天井を見上げると、時々その屋根を取り払いたい気持ちになる。

屋根も壁も柱もない、吹き抜ける風に曝される大地。野営地で星空を見るたびに、自分が望んでいるのはこの世界だと実感した。

己の剣と力だけで生きる世界。天の慈悲と怒りを感じ、その中で生き抜いていく。それは厚い壁と建物に囲まれたこの宮殿とは対極にあるものだ。

――だから、私は華翡族に肩入れしたのか……。

流浪の暮らしは、そう楽なものではないはずだ。それでも、華翡族は野にある生活を選んでいた。

天焔は、華翡族を捕らえておきながら温情措置を取った自分の気持ちに気付いた。同時に、凪のことを思い出す。

意識が戻ったとは報告されたが、容体はどうなのだろう。

凪に与えられた部屋は、兵舎の一角だ。七日近くも眠ったままで、体力のことも心配だ。

天焔は杯を小台に置き、父帝にすっと頭を下げた。

「では、私はそろそろ失礼させていただきます」

「ま、まだ早いのではないか。来たばかりではないか」

そなたのための宴だぞ、とたしなめられるが、天焔は儀礼的に笑みを浮かべてそれを退けた。

「旅の疲れも残っておりますゆえ、無礼をお許しください」

「天焔……」

高い天井に笛と琵琶《びわ》の音が響く。舞女の艶やかさに囃《はや》し立てる声が賑やかだ。帝は残念そうな顔をしたが、天焔は涼しい顔で座を辞した。

外に出ると、夜風が頬を撫でていく。宮の灯りは月より明るくて、賑わいが外に漏れ響いている。

天焔は、供も付けずに兵舎へと向かった。


きらびやかな宮殿や楼閣と違って、下働きの者たちの住む場所は、灰色の屋根瓦と土塀の質素な建物だ。天焔は灯りもないその一つに入った。入り口に扉はなく、簾《すだれ》がかかった窓が一つあるきりの小さな土間だ。

凪は竹の粗末な牀に眠っていたが、人の気配に目を開け、誰かを見分けると、驚いたように起きようとする。天焔は静かに近寄ってそれを止めた。

「……殿下」

「具合はどうだ」

「ありがとうございます。もう、すっかり大丈夫です」

「嘘《うそ》をつくな」

月明かりに白い肌が浮き上がる。身を起こそうと伸ばされた手がよりいっそう細くなっていて、天焔は知らぬうちに抱き支えるような形になった。

「いえ……ご迷惑をおかけしました」

凪は黒曜石のように艶やかな瞳で見上げてくる。不思議と、二人ともささやくような声になった。

「もう、都に着いてしまったのでしょうか」

「ああ、菱洞城の中だ」

凪が少し残念そうな顔をする。

「そうですか……では、もう先読みの必要はないのですね」

もう力を使う必要はないと申し付けたのに、凪はやる気でいる。

「一族は長のご一家だけではないので……もし、先読みがまだ北窯軍のお役に立つのでしたら……」

「……」

華翡族には全員恩赦を出した。もう凪が命を削って尽くす必要はないのだ。けれど、天焔は言えなかった。

それを教えて何になるだろう。凪は、もう華翡族には帰れないのだ。

「あの……もし、ほかに出陣があれば……」

「もうよい」

天焔は遮って凪の腕を摑んだ。

胸の中に、何かが込み上げてくる。

同情ではない。

「……まず、身体を治せ」

――言えぬ……。

まだ華翡族を救おうとしている凪に、一族の下した判断を告げることはできない。

「一族の命は私が保証する。だから、私のもとで養生するのだ」

――凪……。

はいと小さく答えた声に、天焔は胸が熱くなった。

◆◆◆

目を覚ましてから、三日が経った。凪は、与えられた兵舎の窓から外を見ていた。

寝台は壁沿いに置かれていて、横になっているとちょうど簾越しに青空が見える。

「……」

ここは穏やかな世界だ。小さな窓の向こうから聞こえてくるやわらかな生活の音で、そう感じる。戦うための兵ではなく、警備のための組織だからだろうか。

朝もやが消えないほどの早朝に、腹を空かせた牛と鶏《にわとり》が鳴く。兵舎のあちこちで人が起きる気配がして乳しぼりがはじまり、朝餉の支度のいい匂いが漂いはじめる。

厨《くりや》で作られた食事を、めいめいが取りに来る。厨の周りに人が並ぶ気配がして、よそわれて持ち帰る者と、その場で誰かと食べる者のざわめきが広場にこだました。

凪の与えられた部屋のすぐ向こうが広場で、その向かいが厨になっているようだ。先に朝餉を終えた交代の兵が出ていくと、夜通し警備をしていた兵たちが入れ替えで戻ってきて、がやがやと賑わいながら食事をはじめる。腹がぺこぺこだと笑う声を聞いているのが、なんだか楽しい。

昼間はとろんとした空気だ。夜勤明けの兵の高いびきが遠くで聞こえたり、久しぶりの非番に、同僚と飼っている興梠《こおろぎ》で闘蟋《とうしつ》に興じる者もいる。

午《ひる》を過ぎる頃になると、戸板を引いた牛を連れて補給番が食材を運んでくる。簡易な板に野菜や小麦などが載せられていて、たまに酒甕《さかがめ》があると楽しそうな笑い声がいつまでも響いた。

食事を作る当番が荷を受け取ると、係の者は牛を引いて帰っていく。牛の首には小さな鈴がついていて、到着を報せる音にもなっている。ちりん、ちりん、という音がのんびりと遠くなっていくのを聞くと、なんともいえないのどかな気持ちになった。

菜っ葉を切る音、竈《かまど》に火が入る煙の匂い……他愛ない話し声とともに日が傾いていき、やがて夜番と交代する兵が起き出してきて、食事を掻きこんで数人ずつ出ていく。その頃には見上げる空が薄く紺色に染まって、凪の部屋の土壁にも夕陽の残光が映る。そして一日が終わっていく。

穏やかな日々だ。そして、夕暮れを少し過ぎた頃には必ず鳴洛が訪れた。

食事と水、医師から処方されたという薬を盆に載せて持ってきてくれる。淡々としているが、容体は必ず聞かれた。

——天焔様の、ご指示なのだろうな……。

天焔の傍にいるのはいつも彼だけだった。きっと色々と忙しいだろうに、誰かに任せることはなく、必ず鳴洛本人が来る。

手を煩わせることを申し訳ないと思う。その一方で、彼が訪れる時、少しだけ違う誰かの気配を想像してどきりとしている。

――……。

躊躇いのない、強い足音。この大国の皇太子が、こんな粗末な兵舎にそうそう来るはずがないのに、鳴洛の姿が見える瞬間まで期待している自分に気付く。

――馬鹿なことを……。

けれど、思い返すたびに記憶をなぞってしまう。

「ば……馬鹿……」

かあっと顔が赤らんで、凪は恥ずかしさに頬を両手で包む。

顔だけでなく、ほのかな薫《かお》りまで甦ってしまい、凪はひとり牀の中で慌てた。

――殿下は、心配してくださっただけなのだから……。

きっと、鉄砲水と襲来の先読みをしたことで、体力が削《そ》げたことを気の毒に思ってくれたのだ。けれど、実際は自分の予見などなくとも軍は対応できただろう。むしろ、間に合わなかったのに倒れてしまって、迷惑をかけてしまった。

《一族の命は私が保証する》

――殿下……。

ありがたかった。一族が処刑されてしまうのではないかという焦りが消え、動けない自分に悩まなくて済む。

――でも、早く回復しなければ……。

ここは戦場ではないから、先読みの仕事はおそらくないだろう。役に立つものがないのなら、いつまでもただ寝かせてもらったままというわけにはいかない。

「凪、起きているか」

「鳴洛様……」

扉のない入り口に影が差して、鳴洛が盆を持って佇《たたず》んでいる。凪は牀から下りて、その盆を受け取った。

「恐れ入ります。もう、歩けるようになりました」

銀製の盆には、食事のほかに天焔からの差し入れだという胡桃《くるみ》と山査子《さんざし》の焼き菓子が盛られていた。

翌日――。

うっすら雲が空を覆っている日だった。兵舎の周辺は自由に出歩いてよいと鳴洛に言われ、凪は身体の調子を見ながら自分の部屋を出てみた。

――綺麗なところだな……。

地面は灰色の石畳が敷き詰められ、土壁の兵舎がずらりと続いている。広場を囲んだ二十戸で一つの単位らしく、同じコの字形にへこんだ兵舎がどこまでも長く続いていた。

　どの部屋も扉のない入り口に簾代わりの布が下げられていて、あとは小さな窓一つだ。人がひとり寝起きする程度の広さだが、食事は支給されるし、広場には井戸がある。宿舎としては充分な設備だ。ちょうど配給の食材が届けられるぐらいの時間だった。厨には人がいるけれど、あとは眠っているか出払っているかの部屋ばかりだと思う。凪は広場から宮殿側を見上げた。

　――これで、城の中なのか。

花南なら、この兵舎でもちょっと暮らし向きのよい町人が住むような整い方だ。さらに、平屋建ての兵舎の向こうには二階建ての建物も見えて、そちらは兵舎よりなお美麗な外観をしている。

　――あ、牛……。

　ちりん、ちりんと首の鈴が音を鳴らし、のんびりと配給品を運ぶ牛が来る。待ち構えていた調理当番が食材を厨に運んでいる間、立ち話をしていた配給係が、戸板の周りをうろついていた猫に気付いた。

「こら！　野良猫めが！」

　牛追い棒を振り回すと、猫は短く鳴いて横へ飛びのく。だが、役人が話に戻ると様子を窺って牛の周りをうろうろした。やせぎすで、どうやら空腹らしい。

「この猫、そこの軒で子ども産んじゃったらしくてさ」

「なんだと……まったく、食い扶持《ぶち》ばかり増やしおって」

　配給係は、城外へ捨ててやるといって猫を追いかけはじめた。すばしこく逃げる猫に、調理係も手伝いはじめる。離れて見ていた凪は、いつの間にか拳《こぶし》を握りしめてそれを見守っていた。

——逃げて……戻ってきては駄目だ。

見るからにげっそりしている母猫にハラハラする。けれど母猫のほうは切実なようで、干し魚の載った戸板が見える距離から向こうへは逃げない。結局餌でつられて、猫は捕獲されてしまった。

「どうせ抄香公主《しょうこう》のとこで増えたやつだろう。あの公主様のところは猫屋敷だから」

増えて仕方がない、と言いながら空になった甕《かめ》に押し込み、蓋をした。本当に城外に放り出されてしまうのだ。

——仔《こ》猫は、どうなるのだろう。

調理番は気にせず厨に引き上げてしまい、配給係と牛は鈴音を鳴らしながら次の棟へと行ってしまう。凪はがらんとした広場で、残された仔猫を探した。

そう、遠くではないだろう。長屋の路地裏までを丁寧に歩き回ると、みー、と鳴く声を聞きとれた。建物と建物の間だ。井戸が前にあるのと、井戸の掃除道具がその隙間に押し込められているので、ちょうどよい物陰になっている。凪はそっとしゃがみ込み、頼りない声の主を見つけた。

「みー」

警戒していた仔猫も、しばらくすると箒《ほうき》の後ろからひょこっと顔を出してくる。淡い黄土色の縞《しま》柄をした、手のひらにすっぽり収まってしまうほどの猫だ。毛並みはつまみ出された母猫に似ている。

「みー」

「……お母さんは、ここには戻れなくなってしまったんだ」

説明しても、わかってはもらえないだろう。けれど、ここで帰らない母猫を待ち続けるのを考えると、言わずにはいられなかった。

「もう、ごはんは自分で探さないといけない」

「みー」

まだ、乳しか飲めないのではないかとも思うが、それでも生きていくなら食べるしかない。

「がんばるんだよ」

「みー」

小さな猫は、前足を突っ張らせて力いっぱい鳴いている。それは小さいなりに相手を威嚇しているようにも、訴えているようにも見える。凪は小さく息を吐いた。

「ごめん」

旅の途中で出会っていたら、長か一族の誰かに見せて、連れて歩く許可がもらえたかもしれない。けれどここでは一族の誰にも会えないのだ。勝手なことをするわけにはいかない。

「ごめんね……」

助けてやりたい。せめて、誰か保護してくれそうな人に引き合わせてやりたい。けれど、調理番の兵や配給係の様子を見る限り、あまり野良猫に好意的ではなさそうだ。

――……。

気候もいいし、しのげないことはないかもしれない。けれど、朝夕はそれなりに冷える。まして、こんなに小さな身体では、乳なしだといくらももたないと思う。

——死んでしまうだろうか……。

もっと、ひと目につくところまで出してやるべきか、ここで静かに隠れていたほうが安全か。どうしてやるのが一番よいだろう。仔猫を前に考え込んでいたら、ふいに猫がとことこと近づいてきた。

「……ぁ……」

少し湿った鼻先が、ふんふんと凪の指先を嗅いでいる。指を動かすと驚いて飛び退《すさ》るが、それでも興味津々という顔をして戻ってきた。

どうやら、危害を加えられることはないと判断したらしい。鳴くのをやめた代わりに、しゃがみ込んだ足の間に入ってこようとする。

「だ、だめだよ……」

「みゅー」

声音に甘えが加わり、ふわふわの身体が手の甲に触れる。凪はそれを振り払えなかった。

——……こっそり、場所を移動するだけなら……。

野良なのだ。井戸の前から自分の部屋の前に住まいを変えることはあるだろう。自分で飼うわけではなく、猫のほうがたまたま住処《すみか》をそこにしたということなら、怒られないのではなかろうか。

「……」

そうすれば、鳴洛からもらう食事を少しばかり猫のところに置いておけるだろう。猫は成長が早いから、きっとすぐ大きくなる。

——少しの間だけ……。

この仔が自分で餌を取れるようになるまで、それまでならなんとかなるかもしれない。凪は思いつくとそっと両手で仔猫を掬《すく》い上げ、急いで懐にしまった。

「みー」

「し……静かに」

誰かに見られてしまったらと思うとドキドキする。凪は、まだ夜勤番が眠っているまったりした兵舎の間を早足で戻った。

懐の仔猫の体温と毛並みがくすぐったい。そして仔猫の重さが、匿《かくま》った命の小ささを示しているような気がしてしまう。

配給係に見つかったら、きっといとも簡単に城外に捨てられてしまうだろう。この命の価《あたい》は、とても軽いのだ。

「みー」

凪は胸元を手で庇った。

「……見つからないようにするからね」

凪は部屋に戻り、軒先で猫を隠す場所を探した。

◆◆◆

その夜、天焔は宮中での用事を手早く切り上げ、自分の宮に戻る前に兵舎へと向かった。

「供はよい……」

鳴洛が承知して頷く。凪に食事を届けた時、少し様子がおかしかったというのがどうしても気にかかるのだ。

あれから、凪にはなんの情報も入れていない。一族がどうなったのか、己の処遇も含めて不安だろうと思う。そして、天焔も凪を兵舎の片隅に置いたままでいるのが心配だった。

内政殿を出ると、外は雨だった。

「冷えると思ったら、降りましたな」

内宮は屋根のある渡り廊下で繋がっているが、兵舎に行くなら濡れてしまう。傘を……と言う鳴洛を遮り、天焔は小ぬか雨に手を伸ばした。

「さしたる距離でもない。大丈夫だ」

「かしこまりました、ですが、兵舎は足元が悪うございます」

こちらをお持ちください、と手燭《てしょく》を渡される。

「わかった」

宮殿前の石畳は、警備の兵の隣に置かれる篝火《かがりび》を映し、雨に濡れてほの赤い。けれど下働きの者たちが暮らす場所は灯りがほとんどないのだ。せいぜい、それぞれの部屋の小さな灯火《とうか》が、窓際に垂らした藁《わら》の簾から漏れてくる程度だ。肌寒い雨も手伝って、兵舎は全体がしんとしている。

「なるほど、確かに暗いな」

野営では慣れたものだが、宮に戻ると回廊の端々まで灯籠が掲げられているので、つい明るさに慣れてしまう。天焔は、灯りすらともされていない凪の部屋に入った。

「凪、具合はどうだ」

びくっと薄闇に緊張する気配がして、灯りを掲げると凪の姿とともに、土壁にその影が大きく映る。

「殿下……」

「……？」

凪が慌てて上掛けで何かを隠した。怯えたような表情に、天焔は怪訝《けげん》な顔を向ける。

「どうしたのだ？」

確かにいつもと様子が違う。手で庇うようにした何かに目をやると、凪の表情はますます焦燥を見せる。

——まさか、自害を図ろうとしたのか？

一族の判断を耳に入れないようにと命じておいたが、勘づいてしまったのかもしれない。天焔は身じろぐ凪の右手をばっと押さえた。

「何を隠している！」

「みー」

——え……？

頼りない感触と細い鳴き声がして、凪が牀の上で土下座した。

「申し訳ございません……」

粗末な上掛けを少しめくると、濡れてか細い輪郭になった仔猫が見える。凪は両手でそれを包みながら、さらに深く頭を下げてきた。

「母猫がいなくて……急に雨が降ってきたので、体温が下がって……」

凪の声が必死になる。

「数日すれば、体力も戻るかと思います……それまでの間だけ……」

もし、お許しいただければ、と猫を抱きしめながら頼む凪に胸が痛くなった。

こんなことすら、彼は誰かに許しを請わなければいけないと思い込んでいる。

出会ってからずっとそうだった。彼は、決定権を何一つ持っていない。

自由とは、持ったことのある者だけが知る世界なのだ。生まれた時から枷を嵌《は》められ、檻の中で育つ家畜は自由を知らない。知らないから、それを不幸だと嘆くこともない。

だから、凪は己の運命に抗わないのだ。

天焔は、まだ可否を待っている凪の頬に手をやり、顔を上げさせた。

「その猫をどうするかは、拾ったそなたが決めることだ」

黒い、綺麗な瞳が見開かれている。天焔は静かに牀に腰を下ろして凪と向き合った。

「私が許さぬと言ったら、そなたはその猫を見殺しにできるのか？」

「……」

自分で選び取っていいのだとわかってほしい。その翼は空を飛べるのだと教えてやりたい。天焔は、類まれな力を持ちながら尾羽を切られた鳥のような凪の、やわらかな頬を撫でた。

「己の望みを、ちゃんと叶《かな》えてやれ。飼いたいのなら飼えばよい。そこまでの情でないのなら、手を離せばいずれ自分の力で生きていくだろう」

「……殿……下」

「だがとりあえずは、温めてやることと乳が必要だな」

凪が大事に両手で抱えているが、濡れそぼって体温を失ったのだろう。鳴き声が弱い。天焔は牛の乳を温めて持ってこさせることにした。

表に出て、適当な兵士に命じると、相手は飛び上がって拝礼し、廚へと走っていく。ついでに乾いた布と藁も用意するよう申し付けると、人でも寝かせるのかと思う量が部屋に持ち込まれた。

凪は、呆気《あっけ》に取られて固まっている。天焔は人肌に温められた牛の乳が入った器を受け取り、人払いをすると、どうしていいかわからずにいる凪の胸元で鳴く猫に近づけた。

「そら、飲めるか？」

猫は温かな匂いにつられたのか、躊躇わずに器に顔を持ってくる。鼻まで真っ白に濡らしながらだったが、乳に顔を突っ込み、懸命に舐《な》めはじめた。

「それだけの気力があるなら大丈夫だ」

「あ………も、申し訳ございません。私が……」

器を持たせていたことに気付いた凪がハッとして受け取ろうとする。そしてうっかり手が触れると、凪の頬が桃色に染まった。

「す……すみ、ませ、ん」

「どうした、ちゃんと持たないとこぼすぞ」

　モジモジしている凪に器を渡し、しっかりその身体を抱え直す。天焔には、動揺している凪の表情が何故か可愛《かわい》く見えた。

「猫が器に落ちるだろう」

「あ……」

　凪の手が震えていて、牛の乳が波打っている。仔猫は顔じゅうに牛の乳をかぶった。

　そんなに緊張させてしまっただろうか。けれど、顔を赤らめた凪は、普段の落ち着いた態度とは違う頼りなさが表れていて、妙にかまいたくなる。天焔は、懸命に牛の乳を舐める仔猫を、凪と並んで見守っていた。

　狭い部屋は、兵士たちが大急ぎで持ってきた藁と布で、土間が見えないほどだ。灯りも増やされ、壁中に橙色《だいだい》の光が反射している。

　簾の向こうでは雨足が強くなった。しとしとと滴の垂れる音がして、天焔は薄着の凪の肩を袖で包んだ。凪がびくりと肩を竦ませたが、一度抱えてしまうと、そのぬくもりが心地よくて手放せない。

「あ……あの……」

「猫もだが、そなたも寒さで臥せかねない」

「わ……私は大丈夫です」

　部屋には、壁越しのくぐもった雨音と、小さな猫の舌が舐める音だけが響く。天焔は不思議な静けさの中で、凪を見ていた。

「殿下……？」

問う声はわずかに緊張を含んでいるが、相変わらず澄んだ響きで耳に心地よい。天焔は、ふいに疑問に思っていたことを口にした。

「前から思っていたのだが、そなたの作法や教養は、どこで身につけたのだ？」

文字も読めていた。礼儀も所作も、宮中に出しても引けを取らない程度にちゃんとしている。流浪の一族で、さらに忌み避けられた身の上なのに、どうしてこんなに品があるのだろう。

「私は読み子なので、長様のご家族のもとで育ちました」

常に長の傍にいるので、一族の重鎮たちの会議も、長が出向く王侯貴族の屋敷にも同行する。

「ですから、長様のなさりようを拝見しているうちに、自然と身についたのだと思います」

華翡族の秘薬は身分を問わず需要がある。花南国だけでなく、北窯のほかの属国にも招かれて訪れ、投薬のために長く貴族の屋敷や宮殿に滞在することがあったと言う。

「どこの国でも、北窯の言葉が一番通じますので、読み書きもおのずと北窯のものを覚えます」

ただ、北窯の都だけは来たことがなかったらしい。

「あ……」

二人で眺めていたら、乳をたらふく飲んだ仔猫は、あっという間に眠気に負けて、乳に顔を突っ込んだままうとうとしはじめた。天焔が乾いた布を渡してやると、凪はそっと仔猫を包んで器から離す。

濡れそぼっていた時は危ぶむほど細かったのに、今は白い腹がはちきれそうなほど膨れている。凪は、へそを見せてすやすや眠る仔猫を指で撫でた。

「……よかった」

ほっとしたように微笑《わら》う凪が、橙色の明かりに照らされている。

――こんなふうに微笑むのか……。

初めて見た表情だ。感情を表した凪を、天焔は思わず見つめてしまう。

もっとこんな姿を見ていたい。やわらかく、心を緩めた凪を見てみたい……天焔はふとそう思って、心のまま口にした。

「そなた、私に仕えないか？」

「え……」

振り向いた大きな瞳に提案する。

「私がなんでも鳴洛に用を命じるからな、彼も部下が足りないのだ」

最初は鳴洛の手伝いでよい。飲み込みがよさそうだから、すぐ一人前の働きをするだろう。

何よりも、一族のもとに帰れないことを、言いたくない。

「そなたの気持ち次第だ。無理強いはせぬ」

「殿下……」

すっと包んでいた腕をほどいた。自分でも、矛盾しているとはわかっている。

凪に己の意志を持ってほしいと願いなら、本人の意志を無視してでも、自分のところに置いておきたい。

――馬鹿なことを……。

「返事はいつでもよい」

――自らの意志で、この場所にいることを選んでくれたらよいが……。

仕官のことばかり考えたが、帰ろうとすると凪が遠慮がちに手の中の猫を目で示した。

「あ、あの……この仔は……」

許可はしたつもりなのだが、凪には呑み込めなかったようだ。まだ〝本当にいいのか？〟という顔をしている。天焔は笑みを添えて念を押してやった。

「猫を飼うのはそなたの自由だ。好きにしなさい」

戸惑いながら、それでも凪の顔がぱっと輝いた。その表情が、また自分を惹きつける。

「すみません。ありがとう、ございます……」

「また来る。猫と一緒にゆっくり休め」

「はい……」

外は本降りの雨になっていた。宮に戻る頃にはずぶ濡れか、と思ったら、鳴洛が傘を手に待っていた。

◆◆◆

――この足音は殿下だ……。

凪は灯りの揺らぐ部屋で、近づく気配に鼓動を速めた。天焔が来ると思っただけで、トクトクと心臓がうるさいくらいに鳴る。

――殿下……。

天焔の心地よく低い声と、肩を包んでくれた腕の感触が甦る。そのたびに心がそわそわして落ち着かなくなった。

「凪、いるか？」

「は、はい」

質素な土壁の兵舎に似合わない、膝丈程度の深紅の上着に艶やかな黒絹の帯、遊牧民のような革の長靴を履いている。天焔が部屋に入ってくると、そこだけ光が生まれるように華やかになった。

「体調はどうだ」

「はい……あの……あの……元気です」

そうか、と天焔は面白そうに笑う。

天焔の鮮紅の瞳で微笑みかけられると、どうしていいかわからなくて固まってしまう。けれど、この気持ちはきっと天焔にはわからないだろう。天焔は軽やかに近づき、手の中の仔猫を撫でた。

「お前も元気そうだな」

みゃー、と少し大きくなった仔猫が答える。天焔に助けてもらった猫は、日に何度ももらえる牛の乳で、ふくふくと愛らしい丸みを帯びてきた。

「今日はこれを持ってきたのだ」

天焔が懐から美しい赤紐を取り出した。女性の領巾のように薄くひらりとした上品な紐で、真ん中に鈴がつけられている。天焔が仔猫の首にそれを結わえてくれた。

「そろそろ外を歩けるようになるだろう。野良だと思われてつまみ出されぬように、印をつけておいたほうがいい」

名札がついているわけではないが、ひと目でそれなりの品とわかる紐だ。これなら役人も兵も乱暴には扱わない。凪は身分を保証してもらった仔猫を撫でた。

「よかったね、とらめ。お礼を申し上げるんだよ」

わかるはずのない猫の代わりに、凪が手のひらで抱えたまま深く頭を下げる。

「虎目《とらめ》というのか」

「あ……いえ、仮にそう呼んでいるだけです。名がないと呼びづらいので」

飼ってもよいと許しは得たが、名はまだもらっていない。けれど、天焔は仔猫の喉をくすぐりながら笑みを向けてくれた。

「よい名前ではないか。確かに、毛並みは虎目石のようだ」

薄い黄色と白の縞が虎目石を思わせる。

「何故仮の名なのだ？」

「え……」

——あ、そうか。

たかが猫に、皇子から名をいただくなど畏《おそ》れ多いことだ。凪は、天焔が名づけるものだと思い込んでいたことに気付いて口ごもった。

「何か、ほかの候補があるのか？」

「い、いえ……」

「では、一緒に名を考えよう」

天焔は牀に腰かけた。

この部屋には牀以外の設えはない。凪も促されて隣に座る。申し訳ないと思うが、ほかに場所はないのだ。

天焔は、どことなく楽しそうだ。

「同母の妹がいてな。猫を溺愛《できあい》して宮中に猫がいる」

名前を覚えきれないほどの数だが、妹は一匹ずつすべて見分けていると言う。

「名はだいたい毛並みから想像できるものがつけられている」

だから、虎目というのはなかなかよい名ではないかと言われ、凪はもう一つの理由を話した。

「虎のように、強くなったらいいなと思って……」

虎目石は、光の反射で虎の目のようにきらりと光る。小さなうちにひとりぼっちになってしまったから、ちゃんと生きていけるように、せめて強い名をと思ったのだ。何気なく話したのだが、天焔は見守るように見つめてくれていた。

「そんな深い意味があるのに、何故決めかねていたのだ？」

「いえ……あの、決めかねていたわけでは」

「ではなんだ？」

図々《ずうずう》しいと思われそうで、思い込んでいたことは言えない。天焔はしばらく考えてから口を開いた。

「そなたの猫なのだ。誰に遠慮する必要もない。そなたが決めればよいのだぞ」

――私が……？

望むなら飼ってもよいとは言われた。けれど、名前も自分で決めてよいのだとは思わなかった。

天焔はただ笑みを含んで黙って見ている。その視線を受けるとどぎまぎしてしまって、思考がまとまらない。

「あ……あの……」

ぽん、と大きな手が頭を撫でた。

「ゆっくり決めればいい。また来る」

――あ……。

天焔はすっと立ち上がると、こちらが拝礼を取る間もなく出ていった。

「……」

部屋には貴人がいた証拠に、絹に焚き染《し》められた残り香が漂っている。天焔がいなくなると魔術が解けたように、そこはもとの殺風景な土間に戻った。

――何故、来てくださったのだろう……。

情けをかけてもらったとはいえ、たかが猫一匹だ。首紐のためだけにわざわざ足を運ばなくても、鳴洛に渡せば済む。

――でも、昨日はとらめのための籠を持ってきてくださった。

藁を敷き詰めた猫用の寝床だ。その前は餌用の小皿だった。

毎日ふらりと不規則な時間に訪れる。礼服の時もあって、行事と行事の間を縫って立ち寄ってくれたのではないかと推察できた。そのことに恐縮する一方で、不思議に思う。

――何故、こんなところにお越しくださるのだろう。

何かを下賜するなら、呼びつけるのが普通だと思う。一国の皇子が、手ずから猫紐や器を持ってきてくれるなど、申し訳なさすぎてどう言っていいかもわからない。

そう思いながら、天焔と並んで過ごすひと時に心がときめいている。

「……」

天焔の声を聞き、微かに体温を感じるだけでドキドキするのに心が安らぐのだ。先刻も、天焔と話していたいばかりに、余計なことまで口にしてしまった。

《己の望みを、ちゃんと叶えてやれ》

凪は牀の縁に座り、膝の上にじゃれる仔猫を乗せる。

――私の、望むこと……。

考えたこともなかった。けれど、あの時確かに自分は虎目を助けてやりたいと望んでいた。

――以前にも似たようなことを言われた。

天焔は、自らの意志で選べと何度も諭す。仕官をほのめかされた時もだ。

《私に仕えないか？》

あれから、天焔はその話を口にしない。凪も、自分からどう言えるものでもないと思っていた。

読み子をどうするかは一族が決めることだ。天焔が華翡族に命じれば、決定は長がするだろう。長が決めなくても、華翡族の命運は北窯が握っている。天焔が一言召し上げると言えば、一族は逆らえない。

なのに、まるで自分の答えを待つかのように、ここに留め置かれたままだ。

――これも、私が決めることなのだろうか？

天焔の言うように、自分の心が望むほうを選んでもよいのだろうか。

――まさか……そんなことがあるわけがない。

猫を飼うこととは事の重さが違う。そう思う一方で、何故猫なら選んでよくて、仕官は選んではいけないかという理屈が浮かばない。

――でも、私は〝読み子〟だし……。

読み子は、一族にまれに生まれてくるという〝災厄の眷属〟で、同じ境遇の子どもはいなかった。だから比較のしようがないのだが、自分が普通とは違うのだということは、重々わかっている。

国から国へと旅をしながら、華翡族はさまざまな人々に薬を処方する。それは農村の貧しい村人の時もあるし、領主や裕福な商人の時もあった。けれど、対面して自分を見つけると、一族以外の人間はたいてい珍しそうに自分を見た。

《黒い目の子どももいるんですね》

皆、悪気なく口にする。小さい子どもは無邪気に〝あの子だけ目が黒い〟と指さしてきた。

長には幼い頃から「人前に出る時は目を伏せ気味にしておくように」と言われていたが、指示されなくともそうしていたと思う。長の後ろで控えている時、ひとりだけ違う目の色が目立たないよう、頭を下げておくのが癖になっていた。

一族だけで移動している時はそう気にならない。けれど、それは鏡を見ることがないからだ。泉で水面を覗き込むと、見慣れた一族の翡翠色の瞳とは明らかに違う顔が映っている。そのたびに、自分の異質さを思い知らされた。

読み子だから、歳《とし》の近い子どもたちだけでなく、そもそも誰も近寄らない。そのせいだろうか、躊躇わず来てくれる天焔に、緊張するのに嬉《うれ》しくてそわそわしてしまう。

本当はもっとあの時間を過ごしたい。少しでも長く一緒にいられるように、話していたい。

——でも、何を話せばいいかわからない……。

ずっと長の後ろに付いていて、受け答えの仕方は学んでいるのだろうと思う。けれど、時おり見かけていた一族の子どもたちの他愛ない会話は、真似《まね》のしようがなかった。

長や重鎮たちの会話は、薬草の育ち具合や異国の政情などが多くて、あまり無駄口は叩かないのだ。用事がない限りは話しかけられることがないので、自分でも会話は下手だろうと思っている。

——せめて、練習だけでもしたほうがいいのかもしれない。

幸い、手の中には小さな話し相手がいる。凪は初めてできた〝友だち〟に話しかけてみた。

自分の心の中だけにあった気持ちを、言葉にしてみる。

「毎日が、楽しいんだ」

「みゃー」

「知らない国にひとりでいるのに、おかしいね……」

そんなことを考えることすら不敬なのかもしれないが、天焔の訪れを心待ちにしている。

「とらめも、天焔様のことがすき？」

「みゃー」

すり、と手の中で虎目が甘えてくる。凪は言葉にするだけでくすぐったくなる気持ちに、頬を緩ませた。

「そうだよね」

日輪のようにきらめき、鋼のような強さを漂わせる。あの姿を見られるだけで胸がいっぱいになる。

同意して鳴く虎目に、同好の士を得たような気持ちで頬を寄せた。

「明日も、来てくださるといいね」

「うみゃー」

――天焔様……。

心を言葉にすることは、思っているだけの時よりずっと強く感情の輪郭を描く。凪は天焔の姿を脳裏に思い返しながら、猫を抱いて眠りについた。

天焔は、内廷を出てから、自分の宮に戻る前に進路を変えた。華やかな宮殿の立ち並ぶずっと端のほうにある兵舎へ行くためだ。だが、向きを変えただけで鳴洛が咎める。

「またですか」

「少し顔を見てくるだけだ」

今日は手持ちの土産もない。だが、忠義深い側近は軽くため息をつく。

「少しは影響をお考えください。兵舎に想い人でも囲っているのではないかと、耳聡い女人方が嗅ぎまわりはじめております」

未だ后を得ていない皇太子の女性関係は注目の的なのだ。凪の部屋を偵察に来る者もいるという小言を聞きながら、天焔は快活に笑った。

「そなたのことだ。そのあたりは抜かりなくやっているだろう。あの周囲はそなたの部下の部屋ばかりではないか」

「そうですが……こうも頻繁では兵士たちも怪しみます」

普段寡黙な鳴洛が、呆《あき》れたように問う。

「そんなに、凪が気になりますか」

「……惹かれるのだ」

「殿下」

凪は、大輪の花の陰でひっそりとある野の花のようだ。誰に気付かれることもないけれど、人に踏みつけられても、ちゃんと可憐《かれん》な花弁をひらく。

伏せ目がちに、心をしまい込んだまま周囲に従うだけだった凪が、少しずつ感情を見せてくれる。そんな彼に魅せられている。

彼がその顔を上げたら、自分の意志で歩き出したら、どんなに美しい輝きを見せるだろう。

「本当は、仕官するかどうか自分で答えを出すまで待ってやりたいのだが、つい待ちきれなくてな」

口実を見つけては会いに行ってしまう。逸《はや》る感情が気恥ずかしくて思わず笑いに誤魔化すと、鳴洛が驚いたように瞬きした。

「殿下らしくもない……」

ははは、と天焔は声を上げて足を速める。

「〝私らしい〟とは誰のことだ？」

達観しているとはよく言われるが、分別をわきまえて何一つ踏み外さない人生など、面白くもなんともない。

「老成する気はない。まだ恋に血道をあげてもおかしくない歳だ」

「天焔様」

「行ってくる。そなたはそこで待っておれ」

逢瀬《おうせ》に付いてくるような無粋をする部下ではない。鳴洛は無表情に呆れたまま、その場で拝礼を取った。


昼夜二交代勤務の兵舎は、午睡のまったりした気配だ。広場に続く道に人はなく、天焔はまっすぐ凪の部屋へ向かった。だが、だいぶ手前でちりちりと鈴が鳴り、簾の隙間から虎目が飛び出してくる。

「とらめ……」

　飛び跳ねるようにはしゃいでいる仔猫を、入り口から回ってきた凪が追いかける。どうやら仔猫は放し飼いにされている鶏に興味を持ったらしい。

「待って、危ないから」

　突進された鶏は、ばさっと羽を広げて鳴く。そのうち、身体の大きな鶏のほうが威嚇し返してきて、虎目は一目散に凪のほうへ戻ってきた。

「驚かせたのはお前のほうなんだよ」

「うにゃー」

　猫はだいぶ大きくなった。抱き上げて部屋に帰ろうとする凪を離れたまま見守っていると、凪は猫にあれこれと話しかけている。

　普段、凪は自分からはほとんど話さない。珍しい光景と、凪の澄んだ声を聞いていたくて、天焔はそっと距離を開けたまま付いていった。

「友だちになりたかったの？」

「なー」

「じゃあ、あんなに急に近づいては駄目だよ」

鳥にとって、猫はとても怖い存在なんだ、と言い聞かせると、虎目はにゃーにゃーと返事をしている。ちぐはぐなのだが、聞いていると本当に会話をしているようで面白い。

部屋に入ってもまだ凪は背後に気付かない。虎目の首に結わえた鈴を指で弄《もてあそ》び、ちりんと鳴らした。

「これは汚しては駄目だよ」

「にゃー」

「これは天焔様にいただいたものなのだから」

お前はいいね、すてきな印をいただいて……と羨《うらや》ましそうに呟かれて、天焔の胸が疼《うず》いた。

なんと可愛いことを言うのだろう。天焔は忍ばせていた足音を露わにして近づいた。

「そんなに気に入ったなら、そなたの首にもつけようか」

「殿下！」

凪が驚いて振り向く。

「私の侍従の印をつけておこう。装束はあとで届けさせる」

侍従や女官の衣装は、所属する宮の格式に合わせて厳格に定められている。天焔の住む水鏡宮《すいきょうきゅう》の装束を身に纏えば、それで誰のもとに仕えているかが示されるのだ。

「それだけでは足らぬな」

「……」

「ふむ」

頬を桃のように染めながら、大きな瞳が瞬きを忘れている。天焔は笑いながら飾り帯の紐を一つ外した。猫のように首につけるわけにはいかないが、凪の黒髪を後ろで一つに結わえてやる。

「よく似合う」

「……て……っ……」

桃色の頬が、さあっと濃い花弁のように色づく。呼吸を忘れて赤面している凪に、どうしようもなく胸が高鳴る。

硬直している凪の頬を両手で包む。

「ここでは誰でも出入りできてしまうからな。警備上も心配なのだ」

兵舎に通い続けるのも、鳴洛の言う通り貴族たちの注目を集めてしまうだろう。凪をひとりで置いておくのも危険だ。

「い……一生懸命……お仕えします」

仕官の意志を待ちたかったが、やむを得ない。そう思っていたら、凪が震える声を絞り出した。

「凪……」

応えてもらえたのだろうか。

――私が、強引に言わせたようなものだが。

それでも、凪の承諾が嬉しい。

「頑張ります……」

頬を紅潮させたままの凪に、天焔は口付けたくなるのをかなりこらえて微笑んだ。

「そうか」


部屋の外に出ると、鳴洛が佇んでいた。やり取りは聞こえていただろう。放っておいても、鳴洛の部下が新しい部屋を用意し、凪を移動させる。

「わざわざ、揉め事の種を宮中にお入れになるとは」

華翡族の、それもひと目で異質だとわかる黒い瞳の凪を手元に置くのだ。皇子たちや貴族はあれこれと探りを入れるだろう。そんなことはわかっている。

「私が、私の愛した者を傍に置くだけだ」

「……本気ですか」

歩き出すと、鳴洛も当然付いてくる。

戯れに情をかけたわけではないし、特に同性を好む癖《へき》でもない。

ただ、凪を愛《いと》おしいと思っただけだ。

心配そうな顔をしている鳴洛に、天焔が振り返って苦笑する。

「そう渋い顔をするな。手元に置くだけだ」

凪が望まぬ限り、踏み込んだ真似をする気はない。

「凪の仕事はそなたに任せる。内向きの職を選べば、目立たせずに済むだろう」

「……は」

凪を見ていたい。その声を聞いていたい。彼が笑って暮らせるような環境を整えてやりたいのだ。

――私の気持ちが、その程度で収まるとは思えないがな。

抱きしめたい飢《かつ》えは、すでに自覚している。天焔は小さく苦笑した。

「……厄介な情に嵌まったものだ」

それでも、愛おしいのだから仕方がない。

◆◆◆

凪の生活は再び一変した。

連れていかれたのは菱洞城の東奥にある天焔のための宮で、壕から水を引き、さながら湖の中央に浮かんでいるような佇まいであることから〝水鏡宮〟と呼ばれている。

美しく碧い水に四方から桜や梅の枝が張り出し、鏡のように花々を映す。白い大理石の渡橋《わたりばし》の先には、見晴らしのよい回廊を巡らせた宮があって、天女の羽衣のように薄く透ける布が、御簾《みす》の代わりに無数に下げられ、ひらめいていた。

なんと美しい宮だろうと凪は思う。そこに渡れるのは橋の一か所だけなのと、水に囲まれているせいで警備の必要性が低く、そのためにとても開放的な建物だ。

水鏡宮に仕える者は、白い筒袖の衫《はだぎ》と袍《うわぎ》に、鶯《うぐいす》色の裳《も》と帯を着ける。下働きの雑色《ぞうしき》は動きやすい細身の袴《はかま》を穿《は》くが、それ以外の者は床に届くほど上着が長い。凪は装束を一式渡され、着替えると天焔に見せに行くように言われた。

「こっちだ」

「はい」

鳴洛は上司となった。住まいは兵舎から水鏡宮の一角に移り、何時《いつ》主に呼ばれても傍に行けるようになっている。

湖面に張り出した板張りの回廊を歩くと、水の上を心地よい風が渡ってくる。凪は鳴洛の後ろに従いながら、きらめく水面を見た。

――綺麗だ……。

満開に咲いている八重桜や淡く色づいた品種がはらりはらりと花びらを散らす。風に乗って水面まで舞うさまや、花弁が水面を織物のように飾る様子がなんとも美しいのだ。水は透明度が高く、湾曲した太鼓橋を支える橋脚までくっきり見え、柱の間を色鮮やかな鯉《こい》が泳いでいる。

「凪を連れてまいりました」

回廊から拝礼すると、くつろいでいた天焔が席を立ち、気付いたら顎を取られて上向かされていた。

「やはりこの色が似合うな」

「あ……ありがとうございます……」

指の感触にドキドキしてしまって、声が揺れる。天焔は覇気の強い笑みを浮かべてそれを見ていた。

——ど……どうしよう……。

天焔の手が、なかなか離れていかないのだ。指が顎骨をなぞり、だんだん耳のほうへ伸びていく。触れられた場所が熱くて、自分の頬が赤らんでいるのがわかる。鳴洛の前で触れられている恥ずかしさと、動いてよいのかどうかもわからない緊張感と、天焔の指の感触の心地よさがないまぜになって、凪は呼吸が止まりそうになった。

——わ……わ……。

指が耳の後ろを掠《かす》め、髪をなぞる。腰までぞわぞわとその刺激が落ちて、潤みだす瞳を誤魔化すのに、凪は思わず目を瞑った。

はらりと髪を結わえていた紐を外され、びくりと肩を竦める。天焔の声は楽しそうだ。

「うむ、やはりそなたは髪を下ろしていたほうが似合う」

「……は、は………い」

「紐が気に入ったのなら、飾り帯にすればよい」

帯に紐を締めようとしてくれているのだが、掬い寄せるように腰へ手が回され、今度こそ本当に息が止まった。

すると、わざとらしい咳払《せきばら》いとともに鳴洛が口を挟んだ。

「殿下、そのあたりでおやめください」

涙目で目を開けると、鳴洛が眉間に皺を寄せている。

「先刻のお言葉はもう反故《ほご》ですか？」

「何もしていないぞ？」

天焔はしれっとした顔をしながら何故か楽しそうだ。鳴洛は淡々と言う。

「解放しませんと、凪が窒息します」

「ははは、そうだな」

手を離され、はあと息を吐いたら、天焔はおかしそうに笑って紐を手に乗せてくれた。

「悪かった。そなたが可愛くてつい、な」

今度は瞬きができない。

――か……かわ……？

聞き間違いだろうか。今、〝可愛い〟と言われた気がする。

――可愛い……？　可愛い……？

なんだろう。悪かったと謝られながらずっと頭を撫でられていて、もう笑われているのが何故なのかもわからない。

「当面、凪には書類の整理と、殿下の予定表の管理をさせます。先ほど、名前を書かせたら字が綺麗でしたので」

「そうか」

心なしか、天焔が残念そうな顔をした気がする。けれど、鳴洛は気にするふうでもなく、いつも通りの表情で拝礼した。

「ではこれで……」

凪も、慌てて頭を下げて辞去した。


――はあ……。

天焔の手の感触がいつまでも残って、凪は心の中で途方にくれた息を吐いた。甘く戸惑う気持ちに整理がつかない。

人前であんなふうに触られて、鳴洛におかしく思われなかっただろうかと、そちらも心配だ。だが、当の鳴洛は何事もなかったかのように仕事の説明をしている。

「この棚が経典、こちらが法典だ。巻数はここに記されている。持ってくるように言われた場合は、命じられた巻のほかに、前後一品《ぼん》ずつ余分に持参しておけ。内容がまたがっていることもあるからな」

「はい」

「硯《すずり》と筆の予備はこの扉の中だ」

「はい」

急に説明が止まり、鳴洛がまじまじと凪を見る。

「……」

「……？」

「お前は、天焔様をどう思っているのだ？」

「え……」

名前を口にされただけで先刻の感触が頬に甦る。顔が、ボッと火がついたように熱くなった。

「あ、あの……あの」

「ああもういい。今の質問はなしだ」

「め、鳴洛様……」

つまらんことを聞いた、と鳴洛は手を振る。そして真顔になった。

「……お前が天焔様に拾われたのは、お前にとって幸運だったと思っている」

鳴洛は、無表情に巻物を棚に戻す。

「ここで見ること、聞くことはすべてお前の血肉になる。大国北窯がどのように国を治めているのか、流浪の民では決して見ることのできない場所から学べるのだ」

「……はい」

「私も、北窯に飲み込まれた小さな国の生まれだ」

——鳴洛様も……。

かつての祖国は北窯の西南の端にあって、そこはもう属国ですらなく、北窯の一地方だと言う。

「それは、よかったことだと思っている」

鳴洛の父は宰相だった。横暴な王の愚政で国は荒れ、北窯の侵攻にあっけなく倒れた。

「むしろ、王朝を倒されて民は救われただろう。北窯軍が来なかったら、身内の内紛で自滅していた」

鳴洛の父は、暗愚な主君を諫《いさ》められなかったことを恥じたまま殉死したと言う。

「悪政の根源は王だったが、止められなかった家臣にも責任はある。私も、父の考えは正しいと思う」

仕えるべき相手を間違えると、国を亡《ほろ》ぼす。鳴洛はその時侵攻していた北窯軍の将、天焔に見出《みいだ》された。

「この方なら、己の命を捧げてもよいと確信できた。だからお仕えすると決めたのだ」

凪も頷いた。天焔の政治を知るわけではないが、軍の統率をわずかに見ただけで、その手腕を痛感した。

鳴洛は少し厳しい表情をする。

「天焔様は間違いなく北窯の次の帝となられる方だ。その方の傍にお前を置くことが、よいことだとは私には思えない」

「……っ」

心の臓が縮む。

鳴洛の考えは正しい。自分は災厄の眷属だ。一族の者でさえ、穢れとして触れたがらなかった。

――天焔様に、ご迷惑をおかけしてしまうだろうか。

傍にいたいという気持ちのままに、仕官すると答えてしまった。でも本当はそんな望みなど、口にすべきではなかったのかもしれない。長の沙汰が出るまで、待つべきだったのだ。

けれど、鳴洛は沈黙のあとに低く言う。

「だが、天焔様がお決めになったことだ。私ごときが口を挟むものではない」

——でも……。

「だから、私は反対しない」

ポン、と背中を押される。

「そんな顔をするな。お前も私も、所詮天焔様ほど深遠に物事を見渡せる眼は持っていない」

きっと自分たちにはわからない判断があるのだと言う。

「それに、あの方は金剛の運をお持ちだ。たとえお前が災厄を背負い込んできても、おそらくあの方には太刀打ちできまいよ」

「はい……」

鳴洛の励ましがありがたかった。あまり口数の多くない人だが、鳴洛は見た目よりずっと情があることは、何度も実感している。

「さあ、次はお前の住む部屋だ。私の部屋の隣だからな。猫は静かにさせておけよ」

「はい！」

——鳴洛様の下で働かせていただけて、よかった……。

凪は鳴洛の足に追いつくように、速度を上げて付いていった。

◆◆◆

凪を手元に置いてから、ひと月が過ぎた。

「お早うございます殿下」

凪は毎朝、鳴洛とともに部屋に来て、その日の日程を読み上げる。

「本日は、午前中に直轄領地の税収についての報告があります。そのあと、書陵院《しょりょういん》のほうから新しい書物の献上がございます。こちらはご昼食のあとにしてあります。夜には第八皇子主催の宴にご出席いただきますが、それまでの間はご自由にお過ごしいただけます」

凪はその日のスケジュールを一枚の紙にまとめておく役目だ。謁見を希望する者や打ち合わせの希望を一通り受付けし、日程を調整する。宴の招待状なども凪がまとめて保管して、いつ、どの宮に呼ばれているかを把握してくれていた。

天焰は女官たちに身支度を整えられながら、それを聞いている。

「ご報告は行政院にて、係がお待ちしております」

「わかった。では、昨年の報告書を持ってきておいてくれ」

部屋の入り口に控えていた凪は、にこっと微笑って回廊に置いてあった盆ごと天焰の前に運ぶ。

「こちらでございます。念のため、一昨年の分も用意しております」

盆には税収の綴《つづ》りが何冊も載せられていた。

「ほう、手際がいいな」

褒めると、凪は恥ずかしそうに首を振る。

「いえ、鳴洛様にご指導いただいたのです」

鳴洛は隣で黙っている。けれど、彼にとっても教え甲斐《がい》のある部下なのだろう。飲み込みがよく気配りができる凪は、あっという間に鳴洛のよき片腕となった。宮に仕える女性たちにも、穏やかに溶け込んでいるようだ。

「行政院にはそなたも来るように。その資料を持参する者が必要だ」

「……はい！」

宮の外の仕事に関わらせるのは初めてだ。少し驚いた顔をしながら、けれど嬉しそうな表情をする凪が可愛い。天焔は女官に髪を結い上げられながら生き生きと働く凪に微笑みかけた。

「例年、この報告に来る時は領地の試作品が献上される。見たあとは下げ渡すものだ。そなたも好きなものを選ぶといい」

領地の収益を上げるために、領民には特産物の開発を奨励している。金箔《きんぱく》をすきこんだ紙や、色鮮やかな顔料など、毎年変わったものが披露されるが、ここ最近ではもともと収穫がある胡桃や桃を加工した保存食に力が入っているようだ。取引高が増えたり、こちらで見込みがあると踏んだりした場合、その製品だけ税を軽くして増産を奨励する。税が軽ければ、その分生産する農民や商人は手元に金が残るので、どの特産品も目をかけてもらおうと積極的に披露しに来るのだ。

食材が多いことを知っている女官が口を挟んだ。

「まあ羨ましいこと」

女官の大半は、身分のある家の娘だ。なるべく面倒事のない家系の者を使うようにしているが、皇子の宮に身内を入れたいという貴族たちの思惑を完全に削ぐのは難しい。しかし、この女官は乳母の血筋の女性で、天焔にとっては最も気楽な相手だった。子持ちの寡婦で、寵《ちょう》を得ようという野心がないのがよい。

　天焔は、新参者の凪がほかの女官の反感を買わないように、さりげなく命じた。

「選んだものは宮に持ち帰って、皆で分けるように」

「はい。かしこまりました」

　凪はわきまえすぎるほどの性格なので、女性たちに睨まれるようなことはないだろうが、自分が贔屓《ひいき》しすぎると彼女たちは敏感に反応するから、配慮しておく必要がある。天焔は、支度を終えて女官たちが下がってから凪を招き寄せた。

「仕事はどうだ？　楽しいか？」

「はい」

　はにかんだような笑みは、読み子として使役されていた時よりずっと明るい。天焔はそのやわらかそうな頬を撫でた。

「て……天焔様……」

「いっそ侍従にしようか」

「え……」

「朝しかそなたの顔が見られないというのはさみしいからな」

　女官を下げて傍仕えにしてしまえば、もっと身近に置いておける。考えながら艶やかな黒髪をまさぐっていると、凪が顔を真っ赤にして逃げる。

「で、殿下……そ、その……も、もう行政院に向かわれませんと……」

はじめの頃は硬直していた凪も、最近は大慌てで逃げる術《すべ》を覚えた。けれど、そのやり取りも天焔にとっては楽しみの一つだ。

「そうだな、では出かけるとするか」

「は、はい」

毎度のことなので、鳴洛は知らん顔をしている。天焔は、凪が報告書を持つのを待ってから回廊へ出た。

——好かれているとは思うのだがな……。

けれど、もしかするとまだ本人はそこまで自覚していないかもしれない。立場の差を考えると無理強いになってしまいそうで、天焔も踏み込むには躊躇う。

ちらりと後ろに視線をやると、書類の盆を捧げ持って歩く凪の頬はまだ赤い。

後ろを気にしすぎてしまったせいで、鳴洛が〝貸せ〟と言って凪の書類を半分取り上げた。凪は上司に持たせるわけにはいかないと、背後で遠慮し合う会話が繰り広げられている。天焔はそれを聞きながら、自分の中に湧いてくる甘い気持ちに笑う。

——我が事ながら、奇妙なものだ。

それが色恋沙汰であれ戦であれ、自分は積極的に駒を進めるほうだ。欲しいと思う相手はストレートに口説いてきた。だが、凪だけは違う。

触れるだけで飛び上がって逃げる凪を、かまうこと自体が楽しい。

——笑みが見られただけで嬉しくなるとは、思ってもみなかった。

かしこまっていた凪が、少しずつ気持ちを緩めて微笑んでくれる。それを見ると、一気に距離を詰めてしまうのを惜しいとさえ思ってしまう。

日に一度の他愛ないやり取りが、楽しみで仕方がない。

天焔は苦笑を隠しながら行政院へと向かった。

◆◆◆

天焔のもとで働きだしてから、ふた月を越えた。

時刻は午《ひる》を回っており、天焔と鳴洛は内廷に出ている。凪は与えられた部屋で明日の予定表を書き上げ、そっと筆を置いた。

「ふう……」

居住兼仕事部屋は書庫の一角にあり、小ぶりだが壁の片側いっぱいに書を整理する棚がある。赤い格子窓は中庭に面していて明るく、床は艶やかな黒石で、棚がある壁の反対側には朱塗りの抜歩床《ベッド》が設えられていた。屋根と囲いがついた寝台には、だいぶ大きくなった虎目が丸くなってのんびり寝ている。

任されてみてわかったが、天焔のスケジュール調整は意外と難しい。

毎日、宮廷内からも地方からも宴に出席してほしいという招待状がどっさり届けられる。いちいち天焔に見せていると煩わしがられるので、親書以外の文を開封し、招待を一覧に書き出して出欠を選んでもらう。

謁見や直訴なども同じで、殺到する希望者の名をリストアップし、天焔が会うと言った相手のみ、日程を調整する。宮中行事はあらかじめ把握しておいて、そのあい間に視察や受講など、天焔の希望を挟み込む。そこにたびたび帝の急なお召しがあるので、あまりきっちり詰め込みすぎても駄目なのだと鳴洛に言われている。

――明日の謁見に合わせて、経典を用意しなければ。

さる古刹の高僧が参内する。寄進する仏像に関することらしいが、書状に書かれていた経典は、念のため用意しておいたほうがよい気がする。

「あれは……何品だろう？」

法華経《ほけきょう》の一節だったと思うが、仏典についてはあまり詳しくない。棚の前で考え込んでいた時、ふいにいくつもの足音が聞こえ、回廊に華やかな衣が見えた。

「お兄様の新しい侍従はお前ね」

――〝お兄様〟……？

では天焔の妹君だろうか。確かに、天焔に似た明るい髪と赤味がかった瞳の少女だ。後ろに数人の侍女たちが付いており、身分の高さはひと目でわかる。凪は拝礼を取った。

少女はずかずかと部屋に入ると、勝ち気な声を響かせる。

「顔をお上げなさい」

「はい……」

公主は鮮やかな紅珊瑚《べにさんご》と真珠の簪《かんざし》で髪を結い上げ、桜色の衣を纏っている。年の頃は、自分とそう変わらないのではないかと思う。

「……なんだ、華翡族ではないじゃない。お前、名はなんというの？」

凪は丁寧に頭を下げて答える。

「凪と申します。華翡族の出でございます」

「嘘をおっしゃい。華翡族は翡翠色の瞳をしているのよ。私が知らないとでも思って？」

「公主《ひめ》様、黒い目の華翡族もいるそうでございますよ」

後ろの侍女たちが慌ててたしなめている。公主はふん、と視線を逸らし、寝台で縮こまっている虎目を目ざとく見つけた。

「あの子ね……」

「あ……」

つかつかと近寄るので、虎目は怖がっていよいよ奥に逃げる。けれど、公主はすっと背を屈め、別人のようにやさしい声をかけた。

「大丈夫よ、さ、こちらにいらっしゃい」

「にゃあ」

「いい子ね、おいで」

――とらめ……。

「にゃあ」

公主は根気よく虎目に手を差し出している。

「お兄様が私の宮にいらっしゃるなんて珍しいことだと思ったら、猫の飼い方をお尋ねになったわ。絶対何かあると思ってたけど、この子のことでしょう？」

――殿下が……。

するとこの方が、噂に聞く〝猫だらけの宮〟にお住まいの同母の妹君なのだ。さすがに猫の扱いには長けているようで、虎目は大人しく抱かれた。

「いい子ね……あら、お前爪が伸び放題じゃない」

キッと凪のほうを向き、急に指導がはじまる。

「駄目ね、爪も手入れしてあげないなんて……よく見たらこの部屋にはとぎ板もないじゃない」

柱をボロボロにされるわよ、と脅されて凪も焦る。宮に傷をつけたら大変だ。

「申し訳ございません。猫を育てたことがなく……あの、爪はどのようにしたらよいのでしょう」

公主は少し黙ってから口を開いた。

「うちに、もう要らないとぎ板があるわ。あげるから取りにいらっしゃい」

「恐れ入ります、ありがとうございます」

もらえるとは思わず、凪はその親切に心から感謝して頭を下げた。すると公主は照れを隠すように顔をしかめる。

「お前のためじゃないわよ。この子の毛並みが虎目に似ていたから……」

「虎目、でございますか……」

それは以前いなくなった猫の名前なのだと言う。

「迷子になったきり、どうしても見つからなかったわ。いなくなったのはこの子くらいの大きさの時よ……」

だから、この子を見ていると思い出してしまうと言う。凪は、もしかするとあのやせ細った母猫が、公主のところにいた猫だったのかもしれないと思った。

公主に撫でられている虎目に目をやって微笑む。

「実は、この猫の名前もとらめというのです。母猫は一度しか見ておりませんが、毛並みは母猫によく似ております」

公主がはっとした顔をする。母猫はどこにいるのだと問い詰められ、凪は言葉を濁した。

「一度しか見ておりませんので……」

あの猫が、本当に公主のところにいた猫かどうかはわからない。けれど、甕に籠めてしまった食料配給係のことを話したら、きっとその人が咎められる。責め立てたところで、城外に放り出された母猫の行方はもうわからないだろう。

「申し訳ございません」

「……お前のせいじゃないのだから、お前が謝ることはないわ」

意気込んで部屋に入ってきた時とはずいぶん違う。虎目はするりと公主の腕から逃げて寝台に戻り、公主は凪のほうへ向き直った。

「お兄様に取り入った、身分の卑しい侍従がいるという噂を聞いたのよ。美しい華翡族の娘だという噂も飛び交っていて、どちらが本当なのかしらと思って、確かめに来たの」

猫の件も、きっとその娘のためだろうと勘ぐったらしい。

「公主様……」

「少なくとも、後宮の噂は半分合っていて、半分は間違っていたのがわかったわ」

公主はすっと出口へ向かう。

「付いていらっしゃい。とぎ板をあげるわ」

「は、はい。ありがとうございます」

ちらりと振り返って、公主は少しだけ褒めてくれた。

「毛艶はいいわ。食餌のお世話はちゃんとできてるわよ」

静々と後ろに付く侍女たちと一緒に、凪は公主の宮に向かった。


その夜、仕事を終えた凪は部屋の寝台に腰かけていた。隣には、公主にもらったとぎ板でガリガリやっている虎目がいる。

「本当は、そんなふうにしたかったんだね」

わかってあげられなくてごめんね、と言うと、虎目は爪とぎを止めてとん、と膝に前足をかけてくる。抱っこしろという合図だ。

「よいしょ……お前、重くなったね」

「なー」

すりすりと額を擦り付けてくる虎目を、凪は膝の上で存分に撫でてやる。重みと体温が心地よくて、凪はずっと虎目を抱いたまま考え事をしていた。

「……」

公主が乗り込んできたのは驚いたが、思ったほど怖い人ではなかった。むしろとても親切で、雄の虎目が一人前になった時のことまで、細かくアドバイスをしてくれた。本当に猫を大事に思っている方なのだ。

わざわざ確かめに来たのも〝性悪な女に飼われていたら大変〟だと心配したかららしい。凪としてはむしろ、宮の外でそのような噂が広がっていることに驚いた。

――確かに、人の興味は引いてしまったかもしれない。

華翡族が捕まって、都まで連れて来られたのは周知のことだろう。その上天焔が足繁《しげ》く兵舎に見舞いに来てくれていたのだから、人の耳に入る可能性は高い。

――一族の皆様は、どうされているだろうか……。

あれきり、華翡族がどうなったかを聞いていない。だが天焔が無事を保証してくれたおかげで、凪はむやみに心配しなくて済んでいた。おそらく何かの形で恩赦が出たのではないかと思っている。

無事でいてくれるならそれでいい……。そんな気持ちになっていることが、軽い驚きだ。

勿論、天焔が仕官を望んでくれたからここにいるのだが、一族から離れた環境にいることが、こんなに呼吸しやすい状態だとは思ってもみなかった。

「呼吸……？」

「なー」

言葉にしてみると奇妙だ。凪は話し相手の虎目に語りかける。

「でも、ほかにぴったりな言葉がないんだ……」

「なーぅ」

息をするのが楽だ。まるで身体が軽くなったみたいに、ちょっと呼ばれただけでも駆け出したくなるほど動きやすい。物理的に呼吸がしやすく、それにつられるように心が軽くなって開放的になる。

「ここで働くのが、楽しいからかな」

これまで、一族から離れて生活することはなかった。

一族の人々に制限はない。一緒に旅をすることもあるし、出産などの事情があれば、集団から離れて街に留まる。だが、凪だけはいつでも長の目の届くところにいなければならず、長が不在の時は縄を打たれるのが常だった。

凪自身も、特にそれを不思議に思ったことがなかった。自分は災いの眷属だ。もし長がいないところで災いを呼び寄せてしまったらと考えたら、動きを封じて用心するのは当然だと思っていたのだ。

強いて言えば、紋たちと二手に分かれて逃げている時、就寝中まで後ろ手に縛られるのは不便だなと感じた程度だ。

けれど、こうして一族から切り離されて暮らしてみると、自分の置かれた環境の異質さに気付く。

長のいないところで手足を自由にしていても、何も起こらない。そして、ここでは誰も自分を怖がらない。

——誰も、私が災厄の眷属だと知らないからだろうけれど……。

それでも、これは生まれて初めて味わう環境だった。

鳴洛や天焔だけでなく、毎日さまざまな人たちと言葉を交わす。

一族と暮らしてきた間も、薬草を摘んだり粉に挽いたり、読み子以外の仕事もちゃんとしてきた。けれど、それはいつも命じられて黙々とこなす作業で、長以外から声をかけられることはまれだ。

ここでは、招待状や訴状を届けに来るほかの宮の下男、水鏡宮で働く女官や侍女、下男たち。それぞれが主たる天焔の身の回りを世話するために連携する。スケジュールを取りまとめる凪は、必然的に彼らとやり取りをするのだ。

誰も、自分に特別な視線は向けてこない。公主の侍女の言葉からも、華翡族だと知っている者はいるだろうけれど、近づいても驚いた顔はされないし、普通に話しかけてくれる。

——〝普通〟……。

「普通とは何か」を、意識して考えたことがなかった。

生まれた時から一族の中で暮らしてきたから、ほかの子どもと扱いが違っていても、それは当然なのだと思っていた。自分が読み子ではない人間として扱われることが、あると思ったことがない。

「……そうか」

旅先で滞在する屋形や街中で、〝普通〟の人々は見てきた。ただ、自分が〝そちら側〟へ行けるという可能性を考えたことがなかったのだ。

「なーお」

「よしよし……」

喉元をくすぐると、虎目はゴロゴロと喉を鳴らす。

一族の中では、自分から誰かに話しかけるということはなかった。自分は恐ろしい存在だから、不用意に近づいてしまったり、声をかけたりしてしまうと相手が驚く。別に怯えて逃げられたりはしないけれど、緊張を孕んでさり気なく距離を保たれるのはわかっていたので、長に〝誰それを呼んでくるように〟などと命じられない限り、こちらから行くことはなかった。

それでも、数少ない機会に相手が見せる警戒した表情には、無意識に心を削られた。

──あまり、考えたことはなかったけれど……。

こうして、怖がらずに接してもらえるようになって、初めて実感する気持ちだ。確かに、腫れ物に触るように扱われてきた間、自分の心は知らないうちに削がれていたと思う。

むしろ、そういう感情を見ないようにしていたのかもしれない。気付いてしまったら、逃げ場のない一族の中でただ辛い想いを抱えるだけだ。

避けられている環境から、そっと目を逸らしていた。なるべく考えないようにすることで、〝華翡族の一員〟だと思っていたかった。

――読み子の私を、ちゃんと育ててくれたのだし……。

虐待をされたことはない。日々の糧を欠いたことはないし、長のもとで養育されたから、環境はむしろほかの子どもよりよかったと思う。それでも、見えない壁に囲まれていたあの生活に、戻りたいかと言われると郷愁が湧かないのだ。

自分は、恩知らずの薄情者なのかもしれない。彼らがどう赦免されたのかはわからないが、本当は一族に戻り、引き続き同胞を災厄から守る役目を果たすべきなのだろう。

そう思うけれど、ここにいたい。

――天焔様………。

ここにいたい一番の理由だ。むしろ、ほかの理由はない。

親しみを込めて名を呼ばれ、時おり戯れのように手を伸ばされる。あの瞬間に甘く高揚して、一瞬逃げるのを忘れてしまうほどだ。

きっと、面白がっているだけなのだろうと思う。宮中の作法に不慣れだから、殿下にはおかしく映るのに違いない。それを、ああいう形で和ませてくれているのだと思う。

――それでも……嬉しい。

ひっそりとでいい、このまま仕えさせてもらえたらと願わずにはいられない。一族に対する心の呵《か》責《しゃく》にも、どこか〝出仕は殿下のご所望だったのだから〟と言い訳していた。

「うなー」

「し、静かに……もう夜遅いから、鳴いては駄目だよ」

隣は鳴洛の部屋だから、夜は特に鳴かないように言い聞かせている。だが今夜はまだ鳴洛が戻ってきていない。つまり、まだ天焔も起きているのだ。

——天焔様は、今頃どうしていらっしゃるだろう。

「……わ……」

考えたらうっかり顔を思い出してドキドキしてしまう。凪は高鳴る鼓動を持て余して頭を抱えた。これでは、とても眠れそうにない。

——そうだ……。

「お衣装の表を作ろうかな」

女官たちには、先々の宴の日程を一覧にして渡してある。各宮の皇子や貴族の宴に呼ばれた際、同じ衣装でお出ましさせるわけにはいかないからだ。けれど、衣装かぶりのほかに、季節に合わせて帯や剣帯の配色も考えねばならないから、いつ、どの宴で何を身に着けたかを覚えておくのが大変なのだとこぼされたことがあった。

その話を聞いた時、宴ごとにどの衣や帯を召されたか書き込める表があったら便利なのではないかと思ったのだ。

凪は動きたがらない虎目を寝台に移してやり、机に向かった。どうせ眠れないのなら、仕事をしていたほうがいい。

「それにしても、本当に毎晩宴がある……」

夜の少し冷えた空気に墨の香が深く薫る。凪は心を鎮めながら表組みを作り上げた。


翌日、天焔が政務に出たあと、凪は前の晩に作った表組みを届けに女官の控えの間を訪ねた。彼女たちは天焔の着替えや食事、湯あみの世話などをしている。

「まあ、これは便利だわ、ありがとう凪」

「お役に立てて何よりです」

受け取った女官はにっこりと笑ったあと声を潜めた。

「ついでと言ってはなんだけど、宴の出席者の表も作ってくれないかしら」

「出席者ですか？」

女官は領巾をひらめかせて頷く。

「全員でなくていいのよ。主催者の娘が顔を出すとか、どこかの伝手《つて》で属国の姫君が呼ばれているとか、そういうのを知りたいの」

鳴洛からは、この手の女性絡みの詮索には気を付けるように言われている。

「だってほら、お引き合わせの席だったら、よりいっそう華やかな装いをしていただかなきゃいけないでしょう」

天焔のことを考えた発言のようで、その実、この情報が諸貴族に筒抜けになることもあると言う。

凪は丁寧に頭を下げた。

「申し訳ございません。私は招待状をお預かりするだけで、どなたがご出席になるかまでは、知りようがないのです」

「届けに来る使いの者に聞けばいいじゃない」

「そういう詮索はしてはならぬと言われておりますので」

お役に立てなくて申し訳ない、と再び頭を下げると、女官は少し棘《とげ》のある顔になってため息をつく。

「役に立たない子ね」

「申し訳ありません」

――気分を害してしまったかもしれない。

余計なことをしてしまった、と反省しながらその場を去ろうとすると、女官の声が背中から追いかけてきた。

「私たちの言うことを聞かないと、あとで後悔するわよ」

――え……？

「お前がどこの者か、知らないとでも思ってるの」

振り向くと、やさしそうだった女官は罪人のくせにと言い捨てる。目が合うと、知らぬ顔をして部屋に引っ込んでしまった。

「……」

どきりとした。部屋の中からは、吐かれた暴言などなかったかのように、楽しそうな笑い声が聞こえる。

――仲良くなれたわけではないんだ。

うわべの付き合い、というのがあるのは知っている。長の後ろにいる時、大人たちの付き合いには裏と表があるのを見てきた。愛想よく擦り寄ってくる商人や豪族に、長は穏やかに接していたが、決して心を許すことはなかった。

人をすべて疑うわけではないけれど、そういう二面性があることも確かだ。女官にとって自分は、色々と情報を引き出せると踏んで愛想よくしてもらっただけの存在なのかもしれない。

――それは、仕方がない……。

実際に、天焔の日程を把握できるという以外、彼女たちにメリットはない。ついでに引き合わされる姫君たちの情報を得られないならお前に用はないと言うのも、わからなくはない。

ただ、少しがっかりはする。そして気落ちしたまま部屋に戻って、凪は奇妙な静けさに気付いた。

「……とらめ？」

寝台の中も床との間にも、虎目の姿がない。

――外に出たのかも……。

けれど、胸騒ぎがする。凪は戻ってくるまで待てず、部屋を飛び出した。

同時に隣の部屋の扉が開く。

「あ、鳴洛様」

「戻ったか」

「え」

「ちょっと来い」

声を潜めてぐいっと腕を摑まれ、部屋に引き摺《ず》り込まれると扉を閉められた。鳴洛は黙って二間続きの奥まで凪を連れていき、黒い甕の中に蹲っている虎目を見せる。

「とらめ！」

「なー」

急いで抱き上げると、虎目の肉球は汗でびっしょりだった。

「ごめんね、怖かったんだね」

「なー」

虎目はいつまでも鳴いた。詫びながら抱きしめていると、後ろにいた鳴洛がすっと屈みこんで餌用の小皿を見せてくれた。

「これを置いたのはお前か？」

「え……いえ、その餌は……」

皿は天焔から拝領したものだ。毎日使わせてもらっているけれど、皿に載っている餌は自分が与えたものではない。

鳴洛は声を潜めて言う。

「たまたま法典を取りにお前の部屋に入ったら、虎目がこれの前にいた」

強い玉葱《たまねぎ》の匂いがしている。猫に食べさせると中毒を起こす野菜だ。

「危ない気がしたから、とりあえずこちらの部屋に隠した。お前が帰ってこなかったら、しばらくこの甕に閉じ込めておくしかないと思っていたが……」

「……ありがとう、ございます」

凪は涙を滲ませて礼を言った。鳴洛が気付いてくれなかったら、虎目は中毒を起こしていたかもしれないのだ。

——中毒だけでは済まなかったかも……。

死んでいたかもしれない。そう思うと怖くなった。

——何故……。

女官の脅しは、偶然タイミングが重なっただけだろう。下手人は不明だ。けれど、水鏡宮に見咎められずに出入りできる者は限られている。悪意なくこんな餌が置かれるわけがない。

誰か、虎目や、ひいては飼い主である自分を面白く思わない者がいる。

鳴洛が思案しながら思わぬ言葉を吐いた。

「天焔様に懸想《けそう》する身の程知らずもいるからな。やっかまれるのは覚悟しておくしかない」

——え……？

鳴洛は当たり前という顔だ。

「天焔様がお前をかまえばかまうほど、女官は神経を尖《とが》らせるだろう。后位《こうい》は望めずとも、側室としてのし上がれる可能性があれば、女たちは妍を競う」

「……」

「お前の想う相手は、それだけの立場のお方だ。覚悟をしておけ」

「……そ………」

そんなつもりはないという言葉が声にならない。鳴洛の言葉は、自分の気持ちの核心を突いている。

鳴洛は厳しい表情を変えなかった。

「何かを手に入れるなら、相応の力が必要だ。お前はそれを知っているだろう」

たとえ猫一匹でも、自分の手の中にあるならそれを守ってやるだけの力が必要だと諭され、凪は声もなく鳴洛を見上げた。

「守れないなら持つな。持つなら、それなりの力をつけろ」

「……」

鳴洛は、天焔に命じられた用の途中だ、持ち場に戻れと言い残し、あとは足早に去っていった。凪は、虎目を抱いたまま甕の横に座り込んでいた。

「なー」

「…………」

虎目は可愛い。もう二度とこんな怖い目にあわせたくない。けれど、自分には守ってやるだけの力がない。

──こんな………。

《守れないなら持つな》

「とらめ………公主さまの……ところに……行く？」

「なー」

撫でてやると、虎目はすりすりと顎に額を擦り付けてきた。そのやわらかな感触に泣きたくなる。手のひらに乗るほど小さな時から育てた。まだたったふた月しか一緒にいられていない。

──でも……。

虎目が大事なら、守れない自分の手元には置けない。自分も、今後は心配で一時も離れられないだろう。

──でも……でも………。

「なーぁ」

「……っ……」

ぎゅっと抱きしめたまま、凪は蹲まった。

──いやだ………でも……。

天焔を選んで、その上で虎目を危険な目にあわせないためには、手放すしかない。

自分には、どちらも持てるほどの力がないのだから。

──とらめ……。

「……公主様のところに、行こうね」

「なーぅ」

涙がぽたぽた落ちる。凪は虎目の姿が目立たないように鳴洛の部屋の甕を借りて、公主の宮へ向かった。

公主の侍女に事情を伏せ、虎目を預かってもらえないかと打診すると、侍女は一旦下がって、公主を連れて戻ってきた。

公主の顔は不機嫌だ。

「お手を煩わせて申し訳ございません」

「私のことはどうでもいいの！　それより〝預ける〟なんてどういうつもり？　物じゃないのよ？　そんなに簡単にやり取りできると思ってるの？」

右から左に動かして、虎目に心労がかからないとでも思うのか、と公主はきつい口調で叱責《しっせき》した。

「申し訳ございません」

公主は睨む。

「私、あなたのそういうとこが大っ嫌いだわ。なんでも謝れば済むと思ってるでしょ」

「あ……」

ぱっと甕ごと奪うと、公主は侍女に預け、虎目だけ中から抱き上げた。

「あっちこっち勝手にやられるこの子の気持ちも考えなさいよ！」

虎目は引き取る、と言ったあとに宣言される。

「その代わり、預かりではないわよ。もうお前には返さないから、今生《こんじょう》の別れだと覚悟しなさい！」

「公主様！」

「行くわよ！」

「ひ、ひめさま……」

「なーぁ」

「よしよし、お前は今日からこの子になるのよ」

公主はくるりと踵を返して奥へ戻ってしまった。侍女はどうしたものかという目をしたが、凪に一礼して公主を追いかける。

回廊から、虎目の鳴く声が遠く響く。凪は深々と頭を下げてそれを見送った。

「……」

非難はもっともだと思う。申し訳ないと詫びながら、手放すことを許せと押し付けていることに違いはない。

守れるだけの力がない自分が悪い。最後まで守れないなら、手を伸ばしたりしてはいけなかったのだ。勝手に飼い主を変えられてしまう虎目が、一番可哀《かわい》そうだ。

——私に、泣く資格はない。

唇を嚙み締め、目頭に込み上げるものを抑え込む。凪はそっと何もいない自分の部屋に戻った。

その夜、酒宴から早々に引き上げてきた天焔に、書を持ってくるよう命じられ、凪は鳴洛とともに部屋に巻物を運んだ。

鳴洛はあれきり何も言わない。

水面を望める天焔の部屋は、薄く染めた紗の布が幾枚か床まで垂れていて、人が出入りする部分は巻き上げ、絹の紐で結んである。建物をぐるりと囲む回廊からも部屋からも、水面に浮かぶ月が眺められる趣向だ。

「ああ、その巻は机に置いておいてくれ」

「はい……」

机だけではとても足りず、床のあちこちに巻物が広げられている。凪は踏まないように避けながら指定された図面の巻を置いた。天焔は何枚かの絵図面を見比べて思案している。

「……比率の問題ではないのか」

では材料か、と独り言《ご》ちると違う書物を広げる。どうやら火薬の書らしい。凪は部屋の端で待機しながら、熱心に調べものをしている天焔を見つめた。

——天焔様……。

その姿を見ているだけで、虎目のことが思い出される。

——私は、選んだのだから……。

天焔に仕えることを選んだ。すべてを得ることはできないのだ。自分は、仕えるほうを選んだ。

何度も自分に言い聞かせ、その選択に後悔はないのに、胸の奥が痛くてならない。

虎目には、もう二度と会えない。

望み通り天焔の傍に仕え続けるなら、これから先こんなふうに、大事に思うものをすべて手放していかなければならないのだ。それを仕方ないことだと納得しながら、悲しみが消えない。

込み上げる気持ちを噛み殺しながら控えていると、ふいに天焔が顔を上げた。

「……鳴洛、確か先日博士から硝石と硫黄の書を預かったと思うが」

「はい」

「取ってまいります」

当然、自分が取りに行くものだと思ってどこにあるかと聞くと、天焔が遮る。

「そなたでは場所がわからないだろう。奥の書庫のやつだ」

「ああ……あれでございますね。かしこまりました」

鳴洛は、お前はいいからと言って指示を出さずに自分で取りに行ってしまう。二人きりになると、天焔は書を置いて脇息《きょうそく》にゆったりと寄り掛かった。

「で、何があったのだ？」

――え……。

天焔が手招くので、凪は逆らえずすぐ傍まで近づいて膝を突く。天焔の手が頭を撫で、クスリと笑って言われた。

「今にも泣きだしそうな顔だ」

「……」

「何があったのか、話してみなさい」

ただやさしく諭されて、凪はしらを切り通せずに口を開いた。

「……とらめを、公主様の宮で飼っていただくことにしました」

報告しながら、涙で声が揺れる。

「何故、急にそんなことをしたのだ」

「……私の意志です。自分で決めました」

言いながら涙がぼろぼろこぼれた。

「凪……」

「でも、かなしくて……」

上手な嘘がつけない。撫でてくれる手に涙が止まらない。

「とらめに会いたくて……そんな自分がいやで」

いつの間にか肩に手が回されていて、抱き寄せられている。

「会いたいのは当然だろう、あれだけ可愛がっていたのだから」

「でも……自分で決めたのです」

抱きしめてくれる腕が切ない。凪は拒むこともできずに天焔の胸で泣いた。

「……守ってやれない自分が嫌です」

「凪……」

弱い自分が嫌だ。守れないから手放さなければならない自分が嫌だ。抑えきれない気持ちで、凪は天焔の腕の中で泣き崩れた。

力強い手が背中を撫でる。

「虎目を守りたかったのか」

頷くと、ぽんぽんと頭を撫でられる。何かをされたのだなと言われて、答えなかったが否定はしなかった。

頭上から、低く心地よい声が響く。

「そなたは辛い思いをしたのかもしれないが、私は少し嬉しい」

「……殿下」

思わぬ言葉に顔を上げると、ルビー色の瞳が微笑んでいる。

「そなたははじめの頃、〝何かを望んでいい〟ことすら気付いていなかった」

「……」

「最初の時に虎目を捨てさせたら、そなたはやはり泣いたかもしれないが、こんなに嘆いたりはしなかっただろう。仕方がなかったと諦めたはずだ」

諦めきれず、望んで手を伸ばせるようになったことが嬉しいと言う。

「虎目を守ることがそなたの望みなら、私が守ろう」

「殿下……」

「そなたのことは私が守る。そなたが望むならそこに虎目を加える」

だから、そなたひとりで頑張って守る必要はないのだ……そう言われた時、何度も天焔に言われてきた言葉の意味がようやく理解できた。

――選択肢があって、どちらかを選べということではなかったのだ。

叶うか叶わないかではなく、心が求めるほうに手を伸ばせということだった。

「虎目はこの部屋で飼えばよい。世話係はそなただ。私の飼い猫に迂闊に手を出せるほどの者がいるなら、また警備の状況を変えよう」

「で……殿下……」

ぽたぽたと頬を落ちた涙を、天焔が微笑みながらぬぐってくれる。

「抄香のところだな？　一緒に引き取りに行こう」

「い、いえ……そんな、自分で行ってまいります」

自分がしでかしたことだから、自分で始末をつけると言うと、天焔はおかしそうに笑った。

「我が妹ながら気の強い公主だ。そなたひとりで行っても門前払いをくらうだけだと思うぞ」

「……」

指摘が的確すぎて、否定もできない。申し訳ないと思ったが凪は頭を下げた。

「ありがとうございます……すみません」

「さて、遅くならないうちに行こう」

回廊に出ると、さも〝今、書を見つけてきました〟という顔で鳴洛が歩いてきた。

「出かけてくる。供はよい」

「は……」

「あまり、厳しく教育しすぎるな。そなたにとっても大事な部下だろう」

「……」

黙って頭を下げる鳴洛を横に、凪は天焔とともに公主の宮へと向かった。

目を真っ赤にしたまま公主の宮で取り次ぎを願うと、天焔の予測通り公主は拒んだ。

「嫌よ。二度と返さないって言ったでしょ！」

「申し訳ございません」

「あなたの〝申し訳ございません〟は聞き飽きたわ」

つん、とそっぽを向く公主に、凪は一生懸命言葉を紡ぎ出す。

「私の浅慮で……とらめのためには公主様のもとで暮らすのが一番幸せだと思って、お願いしてしまいました。けれど、どうしても離れているのがかなしいのです」

「何よそれ。結局あなたの我《わ》が儘《まま》じゃない」

「はい……申し訳ございません」

「謝れば済むってものじゃないわ。コロコロ気を変える人になんか、猫を飼う資格はないわよ」

「そのくらいにしておけ」

「お兄様……」

口を出さないでいてくれた天焔が、吹き出しそうな顔をしていた。

「虎目を連れてきているくせに、何故そう意地を張るのだ」

後ろの侍女が甕を持っている。あの中に虎目がいるのだ。天焔は隣に来て弁護してくれた。

「毒餌を置かれたのだ。凪の動揺もわかってやってくれ。危険から遠ざけたい一心だったのだろう」

「なんですって！」

道すがら促されて、公主に預けるにいたった経緯を説明した。誰でも手に入れられる玉葱を使われたことを天焔が話すと、むしろ公主のほうが憤る。

甕の中で暴れていた虎目を返してくれただけでなく、侍女に猫専用の餌壺《つぼ》を持ってこさせて譲ってくれた。

「たとえお兄様のお部屋に移しても、どんな嫌がらせをされるかわからないわ。常日頃から、慣れた餌しか食べないように躾《しつけ》をなさい。この餌はうちの宮の特製品で、ほかでは手に入らないわ」

「あ、ありがとうございます……」

猫のこととなると、公主は熱心だ。そう思っていたら駄目出しをされる。

「あなたもね、最初にもうちょっとちゃんと説明なさいよ。あれでは気まぐれに手放したのだとしか思わないじゃない」

「も……」

「〝申し訳ない〟も禁句よ！　もっと人に伝える努力をなさい」

「……」

伝える努力……という言葉が、凪の心に刺さった。公主はまだまくしたてている。

「事情を伝えてもらわなければ、こっちだってわかりようがないわ。毒餌なんて知っていたら、私が乗り込んで女官を締め上げてやったのに……、いい？　言葉だってちゃんと武器になるのよ」

考え方を揺さぶられる。凪は殴り込みのような勢いで価値観を壊しに来る公主を、呆気に取られて見つめた。

「たとえあなたの身分が低くて無力でもね、あなたが言葉を尽くして伝えれば、こうやって私やお兄様が動く。何も腕力だけが力じゃないのよ。虎目を守りたいなら、やれる手段はいくつもあるの！」

守りたいなら手立てを尽くせ、と言う公主に、凪は呑まれたように頷いた。

「……は、い」

噴気を上げていた公主は、天焔に宥められてどうにか矛を収めた。夜遅くに訪問したことを詫び、宮を辞去する間、この国の皇太子は、猫餌の壺を持っていてくれた。

◆◆◆

水鏡宮までの帰り道、凪は虎目を抱きながら何やら考え込んでいるようだった。天焔はそれを黙って見守っていた。

妹からすると、凪の控え目な言葉はもどかしく映るだろう。けれど、虎目を取り戻そうと必死に言葉を継いでいた様子を見るだけで、凪がこの短い間にどれだけ変わっていったかがわかる。

そして、自分の胸で泣いてくれたことが嬉しい。

今までの凪だったら、きっと気持ちを飲み込んでしまっただろう。心の中では手放してしまった猫を悲しみながら、それでも諦めてしまったと思う。

「……どうした？」

水鏡宮へ渡る橋に差し掛かった時、凪がふいに月を振り仰いで、天焔は足を止めた。

「あ、いえ……綺麗だなと思って」

「そうだな……」

ちょうど満月だった。雲一つない夜空に煌々《こうこう》と月が昇り、水面は光を受けてさざ波のように反射している。なんとなく、二人ともそのまま橋の上から水鏡宮を眺めた。

「この宮は、ここから眺めるのが一番美しいのだそうだ」

父帝が自慢げに話していたことだ。

帝は早く后を娶《めと》らせたくて、わざわざこの宮を建てた。後継者だとやたら持ち上げるのは、独立されるのを何よりも恐れているからだ。

直轄領は豊かな穀倉地帯で、自分は戦に慣れている。さらに北燕の帝位に執着しないとなれば、いつ反旗をひるがえされるかわからない。安寧な世で世襲した父帝はそれが怖いから、潰す代わりに皇太子として持ち上げた。

自分が皇子たちの頂点にいれば、その下は自動的に抑えが効く。武をもって切り開いてきた歴代の皇帝とは違う、凡庸な帝であるからこその手法だと思う。要するに、子飼いにしておきたいのだ。

それを悪手だとは思わない。ただ、政治的に后の血筋に頼る必要がないだけに、無理に伴侶を得なければいけないというものがない。そうなると、面倒なだけで娶ろうという気にならないのだ。

この宮に誰かと住むなら、凪がいい。

凪とあの部屋で穏やかに輝く月を眺め、朝もやに白む月を仰いでみたい。ふいにそんな光景が胸を満たした。

「本当に、綺麗ですね」

凪が水面に浮かぶ宮に目を細めている。

「桜で終わりかと思っていたら、藤の次が梔子《くちなし》で、いつも何かが咲いていて本当に美しいです」

水辺に張り出している枝だけではない。池を縁取るように植えられている芍薬《しゃくやく》や金糸梅が、水面に落ちて漂う。花々は、水面に浮かんだような宮の灯りに照らされ、よりいっそう幻想的に見えた。

「そうだな……」

天焔は片腕で凪を抱き寄せる。驚いた凪の顔が月明かりに照らされた。

「だが、そなたのほうが綺麗だ」

見開かれた瞳に微笑みかけ、天焔はその唇を塞ぐ。

「！」

やわらかくて小さな感触。まるで鳥が啄《ついば》み合うような他愛ない交わりに、心がときめく。

——凪……。

息を呑み込んだままの凪を抱きしめ、その鼓動が小鳥さながらに早鐘を打っているのを肌で聞き取る。唇を離すと、夜目にも頬が染まっているのがわかった。

「そなたを愛している」

もう少し待つつもりだったが、言わずにはいられない。凪の黒曜石のような瞳が、瞬きを忘れて月の光を映している。

　こうした人間関係は、凪の人生になかったものだろう。今すぐの返事を期待するほうが無理というものだ。天焔は低く笑ってもう一度頰に口付けた。

「戻ろう。夜風は冷える」

「……ぁ……は、……は、い」

「……大丈夫か？」

「は……い」

　足元が危なっかしい。天焔は転びそうな凪を片腕で抱え、橋を渡った。間に挟まれた虎目は大人しく凪の肩のあたりでじっとしている。

　さあっと夜風が梔子を煽り、甘く重い香りがあたりに満ちた。


　翌朝、日々の予定を伝えるはずの凪がいなくて、代わりに鳴洛が今日の予定を読み上げた。

「凪はどうしたのだ？」

　鳴洛は無表情に問い返してくる。

「凪に、何をされましたので？」

「……何かあったのか？」

とん、と書類を整えながら鳴洛は渋い顔をした。

「心ここにあらずで、仕事になりません」

硯をひっくり返し、衣を墨で真っ黒にしてしまったので洗わせていると言う。

「急な出仕でしたから、替えの上着を用意させておりませんでした」

ちょうどもうすぐ夏の装束に切り替わる頃だ。鳴洛は、余分も含めて縫い子に新調を命じたと言いながらクギを刺してきた。

「ご配慮ください。うちの優秀な助手を使い物にならなくされては私が困ります」

そうでなくても人手不足なのですから、と言う鳴洛に天焔は声を上げて笑う。

「では、書庫と日程管理には新しい者を入れよう。凪には私の近侍を命じる」

特に定められた職ではないが、北窯で近侍といえば、鳴洛のように主の護衛を兼ねた傍仕えを指す。

つまり、鳴洛に同僚が増えたことになるのだ。

「……まさか、宮廷にもお連れになる気ですか」

驚く鳴洛に、天焔は力強い目を向ける。

「凪に軽々しく嫌がらせなどできないと示しておいたほうがいい」

女性たちが騒ぐぐらいだ、おそらくほかの宮にも噂は広まっているだろう。ひっそり置いてやれないのなら、大々的に知らしめておいたほうが安全だ。

天焔は面白そうに付け加えた。

「虎目の世話もあるしな」

「なー」

名前を呼ばれた虎目は、寝台からのんびりと返事をした。

◆◆◆

「……はあ」

中庭にある井戸の横で、墨だらけになった衣を洗いながら凪は何度も深呼吸し直した。

出仕装束以外にこれといった服を持っていないので、華翡族の衣に着替えている。筒袖の上下に、赤を基調にした一族独特の織の上着を着て、帯を締めた姿だ。北窯風の宮の中では目立ってしまうけれど、仕方がない。でも、着慣れた格好は楽だ。

たらいに張った水は、青空を映している。

《そなたを愛している》

心地よい天焔の声が耳に甦って、そのたびに息が止まりそうになった。考えなければいけないことがたくさんあるのに、頭の中で天焔の言葉がぐるぐると繰り返されて、思考がまとまらない。

「あい………」

声に出したら、妙に生々しく感じてしまって赤面する。

昨晩は、天焔になんと思われてしまっただろう。自分がどんな顔をしていたか、どう返事をしたかまったく覚えていない。あの言葉を繰り返しすぎて、だんだん本当は幻ではなかったかと心配すらするくらいだ。

もしかしたらあれは自分の願望で、幻聴を聞いただけなのではないか。

――それか、からかわれた……とか……。

一応、悲観的な考え方もしてみるのだが、天焔の眼差しと声音は、とても戯れに告げたようなものではない気がする。

公主に叱《しか》られて、新しい視点に開眼したと思っていたのに、気構えをする前に天焔の言葉で全部が吹っ飛んでしまった。今朝など、書を取り落としたり硯をひっくり返したりして、ついには鳴洛に〝仕事はいいから洗濯をしてこい〟と呆れられてしまった。

「はぁ……」

布を絞りながら、思わず空を見上げる。

深い緑の葉に真っ白な花を咲かせる芍薬や、濃いオレンジ色の石榴《ざくろ》が中庭を彩っていて、見上げた視界の端で揺れていた。

――……。

愛は、遠い世界の言葉だ。

ふんわりと、恋や愛が歌とか芝居などで演じられているのは知っているけれど、見たことはない。

でも、それは公主や女官たちのような女性が、若者と心惹かれ合うというものではないのだろうか。

——もしかすると、私が知らないだけかもしれないけれど……。

鳴洛はどうやら、天焔を好きになってしまった自分に気付いているようだった。身分についてはそれとなく牽制されたが、おかしな感情だとまでは言われていない。

よくあることとまでは思えないが、あり得ない話ではないということなのだろうか。

——でも…………。

凪は天焔の顔が近づいた瞬間を思い出して、慌ててたらいに浸した手で頬を冷やす。

——わあ……思い出しちゃ駄目。

多分、唇が触れてしまったのではないかと思う。思い返しただけでも心の臓がバクバクする。

「……あれは」

事故だったのだろうか。引き寄せてくれた時に、勢いでぶつかってしまったのだろうか。けれど、それにしてはふんわりと触れた気がする。

——え、いや……そんなはずは……。

昨晩から、この推察で堂々巡りだ。しかも、書物でも調べようがない。凪は真っ赤になったまま、たらいの前で考え込む。

「……」

天焔に触れられる時、おかしなくらい鼓動が高まる。緊張して動けなくなるのに、抱きしめられると心地よくて、別な意味で動けなくなった。そのままでいたくて、無性に触れていたくなるのだ。

唇の感触を思い出すたびに、心臓がバクバクするのにもう一度触れられたい。

けれど果たしてこの感覚は、正常なのか異常なのか……。

「はあ……」

――どうしよう。

衣が乾いたら、ちゃんと天焔の前に出られるだろうか。凪はきゅんと絞られる胸を持て余してまたため息をついた。

その時、がさがさと木々の間を抜けてくる侍女の足音がした。

「凪？　門にお使者がいらしているのよ。どこ？」

「はい！　今まいります！」

内廷からの使いが取り次ぎを待っていて、凪は慌てて応対に出た。

使いは帝からだった。ちょうど午前の予定を終えて戻っていた天焔のもとへ報告に参じると、天焔は部屋で親書を読んでいるところだった。鳴洛は入り口近くに控えている。

「失礼いたします。帝から、火急の用にて参内をとのことでございます」

「用件は言われなかったのか？」

鳴洛が代わりに問いかけてきた。帝の〝火急の用〟はあてにならないのだ。鳴洛から聞く限り、内容を濁して呼びつける時は、どこぞの属国の姫君を紹介されることが少なくない。

ただ、今回は違った。

「ご用向きについては何もおっしゃいませんでした。ですが……あの、私も、お呼びたてとのことで」

「お前をか？」

「……はい」

凪も困りながら頷く。帝の使者は何故か天焔とともに、〝水鏡宮においでの華翡族も〟と言ったのだ。この宮に華翡族は自分しかいないし、間の悪いことに華翡族の服を着たまま出てしまったので、誤魔化しようがなかった。

何故名指しで呼ばれたのだろう。不安な気持ちはあるが、残念ながら自分のことに関しては、災厄の予見はできない。自身が災厄の眷属だから、禍に近すぎて感知できないのだと言われている。

どうしたものかと天焔に視線を向けたが、天焔は特に驚く様子もなく立ち上がった。

「ではそなたも行くしかないな」

「殿下……」

「ちょうど今朝、そなたを近侍にしようという話をしたばかりだ。いずれ宮廷に同行することになる。早いか遅いかの違いだ」

「……はい、ですが」

この格好のまま付いていってよいものかと悩んでいると、回廊に出てから天焔が振り返った。

「その姿も好都合だ。華翡族であることを隠しだてする必要はない」

——そんなふうに言っていただいてよいのだろうか。

「心配は要らぬ。いずれ注目されるとは思っていた」

天焔は力強く微笑み、頭を撫でてくれる。どんな顔をして会えばいいのかと思っていたのに、不思議と気恥ずかしさより安心感のほうが勝った。

「そなたは私の近侍だ。堂々としていなさい」

「はい……」

◆◆◆

天焔は凪と鳴洛を伴って宮を出た。

政治の中枢である行政院の正面には、金縷正殿がある。黄金の玉座を設えた、最も格式の高い場所だ。その後ろにある一回り小規模な銀縷殿は、宴や祝賀行事を執り行うのに使われる。

そして、皇帝がごく近しい者と懇談したり執政したりするのが、さらに小さく造られた金剛《こんごう》殿だった。それぞれの建物は屋根をかけた回廊で結ばれており、呼ばれたのは皇族と重臣しか出入りできない金剛殿だ。

そこは黒大理石の床に二重格天井の豪奢な造りをしている。金を施した天井には極楽が描かれており、朱塗りの柱が玉座からまっすぐ両脇に並んでいた。

玉座には帝が、その両脇には数人の皇子と大臣が居並んでいる。天焔がその前に進むと、帝は不安そうな顔をして手招いた。

「大変なことになったのだ。喬丹《きょうたん》が西の壁を破って侵入してきたとの報せが来ての」

「喬丹が……」

大臣たちは深刻な顔をしている。帝の侍従が、届けられた書状を恭しく天焰の前で開いた。

喬丹は、北窯の西側に広がる草原の遊牧民の国だ。

いくつもの部族が集まった集合国家で、騎馬民族特有の高い機動力と戦闘力を持ち、北窯にとっては最大の脅威でもある。

彼らは草原を我が物として駆け回り、北窯の作物と金品を狙って襲ってくる。国境には長い防衛壁を築いているが、彼らとは長い交戦の歴史を持っていた。

——昨年は旱魃《かんばつ》が起きたから、危険だとは思っていたが……。

遊牧の民は、飢えない限り自由に駆け回る暮らしを選ぶ。だが冷夏や旱魃など、家畜を養う条件が悪くなると、北窯に侵攻してくる。手っ取り早く穀物庫を襲えば、備蓄物が手に入るからだ。

「西の国境は、警備を増強させていたはずだが」

「そうなのですが、防戦しきれなかったようで……」

大臣は申し訳なさそうに報告する。早くも戦装束をしている第六皇子の英芯が、誇らしげに声を張り上げた。

「敵は錬玉関《れんぎょくかん》を突破し、深珠《シンジュ》へと向かっているそうです。私もすぐに深珠へ出立いたします」

次に戦があったら出陣させてくれと願い出ていた第六皇子にとって、これはチャンスなのだろう。

やけに準備がいい。

――しかし、初陣の相手が喬丹では難しいかもしれない。

騎馬民族との戦は、常の戦とは異なるものだ。相手の機動力に合わせて、自軍を素早く自律的に動かせなくては勝機を失う。武将たちとの連携がよほどうまく取れていないとできない。

「……」

功を焦っている英芯は、何を言っても引き下がらないだろう。一度痛い目を見るのも、本人にとってよい経験かもしれない。

念のためにすぐ援軍に出られる準備をしておいて、まずは英芯に出陣させるべきかと思案していると、その英芯が急につかつかと近づいてきた。

やや冷たい青みを帯びた眼が、背後にいる凪に注がれる。

「兄上……此度《こたび》の災厄、おそらく原因はこの華翡族です」

ざわりと周囲が動揺した。英芯はこちらに、というより帝に説明したいらしく、玉座から見えやすいように凪を指さす。

「これは〝災厄の眷属〟という呪われた生まれの者」

その証拠に、無敗の皇太子が凪を連れた途端に、川を堰き止められて急襲されたと言い出す。

「今もそうです。この華翡族が北窯に来たから、破られるはずのない壁を越えて喬丹が襲ってきた」

呆れた理屈だ。川での出来事はたいした衝突ではないし、喬丹が攻めてくるのは前々から危惧されてきたことだ。

――わざわざ煽る意図はなんだ？

英芯は明らかに無理に話を通そうとしている。彼は凪に視線を向けた。

「どうだ、反論できるか？」

天焔は凪の代わりに答えた。

「筋違いだな。これは災厄の気配を読む者で、逆に我が軍に危険を報せる役目を果たした」

その働きに報いて北窯の民にしたのだ。そう言うと英芯は我が意を得たりという顔をする。

「ならば、この危機も予見はできたはず。そうでないのなら、噂通り災厄を招き寄せるただの疫病神ではないですか」

凪の顔が強張《こわば》っている。

「確かめてみましょう。もし兄上のおっしゃることが本当なら、戦地に連れていけば喬丹の出方を読めるはず。真偽のわからないものを宮中に留めておくのは危険です」

喬丹との戦で使ってみる、という言い分に、天焔は英芯の意図を理解した。

――なるほど、自信がないから凪の力を利用しようということか……。

英芯は実戦の経験がない。自分ひとりで指揮するのは怖いのだろう。凪の噂をどう知ったかはわからないが、危険の予知に使えるなら手に入れたい。だが、皇太子の近侍を貸してくれとは言えない。

だから、罪人のようにこじつけて戦場に連れていこうということなのだ。

馬鹿馬鹿しい浅知恵だ。天焔は軽くため息をついた。

「予見に頼るより、我が軍の斥候の能力のほうがはるかに確実だ。望むなら、私が援軍に出るが？」

四つ年下の皇子がカッと頬を赤らめる。

「無論、私の兵の斥候も高い能力を持っております。ですが、それとこれとは別なこと。兄上は宮中に禍《まが》つ者を置かれる気ですか」

この者は華翡族の中で呪われた存在だ、その瞳が黒いのが何よりの証拠……と言い立て、父帝に加勢を求めて視線を投げる。最初から根回しをしていたから凪が呼び出されたのだろう。

「……その……どうだろうな、噂にしても真実にしても、一度戦場で試して、本当かどうか見ておいたほうがよいのではないか」

証明さえできれば安心だろう……と帝のほうが仲裁にかかっている。

「皇太子の傍に、縁起の悪い者が付いておるという噂があってもよくないからのぅ」

第六皇子が凪に言う。

「お前も、己の主君に不名誉な疵《きず》をつけたくはないだろう。自分の身が潔白だというのなら、この戦で証明してみせよ。やる気があるなら我が軍で使ってやる」

凪の力は二度と使わせない。一歩前に出て庇おうとしたが、それより早く凪が口を開いていた。

「私の力は天焔様のご命令でしか使いません」

「な、なんだと……」

凪の手が震えている。けれど、声には強い意志があった。

「私は天焔殿下にお仕えする者です。ですから、予見は殿下のご命令でしかいたしません」

「……っ」

「……」

英芯が言葉に詰まっている。

凪が皇族に逆らう発言をするとは思いもよらなかった。

けれど嬉しい。

「では、私が後衛《こうえい》として出陣しよう。私に禍が降りかかるようなら、捨て置いて進軍すればよい」

それで充分証明になるはず、と言うと、穏便に収めたい帝が相槌《あいづち》を打った。

「それがよい、英芯もそのほうが心強いだろう。儂も安心じゃ」

「父上……」

「天焔、頼んだぞ」

「御意」

帝にとっては望み通りだったのだろう。本音として、英芯の面目を立てつつ後衛を頼みたかったのかもしれない。英芯も、プライドはあるが現実的に後衛を要らないと跳ねのけることはできないようだ。複雑な顔をしながらも黙っている。

「では陛下、すぐに出陣の支度をいたしますので、これで」

「兄上……」

「そなたとも、実務的な打ち合わせをしよう」

「こ、これからですか」

「相手は喬丹だ。移動は我が軍の倍以上速い。もたもたしていると距離を詰められる」

狼煙《のろし》を仲介し、最速で伝えてきているが、その報せが宮中に届くまで四日かかっている。同じだけの日数で現場に行っても、間に合わない。

「軍舎に行く」

そこなら地図や装備状況の資料が揃《そろ》っているから、指示を出しながら話ができる。天焔は英芯を伴って金剛殿を出た。

◆◆◆

水鏡宮に戻ったのは、夜も更けてからだった。

出兵の陣容を整え、明日の早朝から菱洞城を出ることになった。緊急事態なので儀式も宣旨もなしだ。天焔たちは眠れるが、多くの兵が、これから夜明けまで突貫工事で備品や食料、武器の積み込み作業を行う。

宮には欠けはじめた月光が差し込み、紗の布は燭台の明かりを映しながら、時おり微風になびいている。

「殿下、私は準備がありますのでこれで失礼いたします」

「うむ。では明日」

天焔を送り届けると、鳴洛は淡々と挨拶《あいさつ》をして下がっていく。本来は凪もそれに続くべきだったが、鳴洛に黙礼するとそこに残り、回廊で膝を突き、改めて天焔に詫びた。

「申し訳ございませんでした」

「どうした、急に……」

自分の発言のせいで、天焔を出陣させてしまったのだ。

身が縮む思いだったが、天焔は笑っている。

「どちらにしても、出陣するつもりでいた。気にするな」

「しかし……」

余計なことを言わず、第六皇子に従っていればこんなことにならなかった。とんでもない発言をしてしまったと思う。

けれどあの時、心からあの言葉が出たのだ。

――私は……。

読み子であることを指摘された時、最初に浮かんだのは〝やはりここにいるべきではなかったのだ〟という思いだった。自分は華翡族の災厄を背負って生まれた身なのだから、その命が尽きるまで、一族の中にいるのが正しいのだ。

ここにいることが天焔にとって不吉と見なされるなら、やはり傍にいてはいけない。ずっと心のどこかにあった不安を指摘された気がして、素直に第六皇子の出兵に従軍するべきだと考えた。

けれど、そう思う傍から心の声が聞こえた。

本当にそれでいいのか。

後悔はしないのか。

目の前に出された現実的な選択肢の中から選び取り、その決断を決して悔んだりしないと言えるか。

――とらめの時のように……。

欲しいのは天焔のもとで生きる人生だ。迷惑をかけてしまうとわかっていても、許されないとしても、手を伸ばしたいのは天焔とともにある日々だ。

その瞬間に、公主の声が心の中に響いた。

《もっと人に伝える努力をなさい！》

たとえ力が及ばなくとも、自分がどう望み、どうしたいのかは意思表示するべきだと思った。

己が災厄の眷属であることは変えられない。ならば、その力は天焔のためだけに使う。

それは、頭で整理するより先にすべり出てきた言葉だった。あの発言に後悔はないが、身のほどをわきまえない態度と、結果的に天焔が動くことになってしまったことだけは、申し訳なかったと思う。

けれど天焔はそれを責めない。

「私は嬉しかった」

「殿下……」

「先読みの力を使わせるつもりはない。だが、陣には加える」

そのつもりでいてくれと言われて、凪は拝礼した。

「かしこまりました」

「なぁーぐ」

「……とらめ」

寝台から虎目が下りてきて、凪のもとに擦り寄ってくる。〝撫でろ〟という仕草に応じてやると、天焔が思いついたように言った。

「留守にするなら、虎目もここに置いておくわけにいかないな」

公主のところで預かってもらおうと言いながら笑う。

「今度は事情が事情だ、抄香も怒らないだろう」

「きちんとお話しして、お願いしてみます」

虎目は、しばらくの別離をわかっているかのようにすりすりと腕に頭を擦り付けてくる。自分も別れ難くて撫でていると、天焔がすっと屈んだ。

「今宵《こよい》はそなたもここで寝るか？」

――え……？

「虎目とも一緒にいたいのだろう？」

顔を覗き込まれ、その距離の近さにたじろいで身を引く。

「夜明けまでいくらもない。わざわざ部屋に戻ることもないだろう」

「え……そ、そ、そ………」

額に唇が触れて、心の臓が破裂しそうだ。

――うわ……わあ……。

ちゅっと響く音が淫らで、頭がくらくらする。

――唇が……唇が……。

「嫌か？」

「……っ……ぁ……そ……」

ぱくぱくするだけで声が出ない。ぐっと寝台側に迫ってこられるのだが、腰が抜けてずりずりとみっともなく後じさりしてしまった。

寝台を背に、もうあとがない。天焔がこらえ切れないように笑い声を上げた。

「まだ無理なようだな」

「……っ……殿下」

頬が熱い。天焔は面白そうにいつまでも笑っているが、本当に立ち上がれなかった。

「悪かった……」

天焔はひとしきり笑ってから、背中を抱きかかえて起こしてくれる。

――殿下……。

笑われて恥ずかしいのに、天焔から目が離せない。天焔の瞳が静かに自分を見ている。

「そなたの気持ちを待つつもりだが、期限は定めよう」

「え……」

深い眼差しに、魂を絡めとられたような気持ちになった。

「この戦が終わるまでだ」

ゆっくりと、抱きかかえていた腕が緩んでいく。夜風が吹き込んで、さあっと紗の布が舞い上がった。

「返事を楽しみにしている」

戻りなさい、と言われて、凪はしどろもどろに頭を下げて部屋を辞した。

いつまでも、額が熱く感じた。

草原の民を相手にした行軍は、疾風のごとく進まなくてはならない。

花南から戻ってきた時とは異なり、軍は騎兵だけで編成されていて、装備は最小限だ。歩兵と補給は、国境を隔てる壁沿いの駐屯軍から調達する。天焔をはじめ、全員が騎馬でひたすら走っていた。

凪も馬を与えられている。結局、洗った服を乾かす間もなく、華翡族の衣のままだ。

右も左も、大地を轟かせる蹄《ひづめ》の音しか聞こえない。

――天焔様は、これでも喬丹より速度に負けるとおっしゃっていたけれど……。

喬丹は、長距離を走り続けられるように乗り換え用の馬を抱えている。北窯軍も、国境駐屯地を越えるごとに馬を取り換え、機動力が落ちないようにしていた。それでも、決壊されたという壁がある場所までは四日かかる。

「凪、大丈夫か？」

鳴洛が横に並んで様子を見に来てくれた。

「はい。なんとか……」

「初めてにしては上出来だが、今晩はあお向けで眠れないと覚悟しておけよ」

「？」

いつもは愛想のない鳴洛がふんと笑った。

「尻が腫れてまず床になどつけん」

「そういう、ものなのですか」

「初心者はな」

確かに、生き物の背に乗っているのでかなり揺れている。馬の脚運びに合わせてはいるが、おそらく降りる頃には腿あたりの筋肉に痛みが出ると思う。

——お尻もか……。

きっと、寝るのは大変だろうなと思っていたら、鳴洛が前方を見てため息をつく。

「あれも、ひどいことになるだろうな……」

「……」

どうしても騎馬は嫌だとごねた第六皇子の乗った馬車が、土煙を上げている。騎馬隊と同じスピードで走らせるために四頭立てにしているが、その分、車輪が浮き上がるほどガタガタと揺れて走っていた。

たとえ中が絹張りの馬車でも、座っていられないほど跳ねているだろうなと凪も思う。

——とはいえ、あとから来ていただくわけにはいかないし。

凪は、無意識に腰帯に結んでいた薬紐に触れた。携帯薬として、腫れに効く塗り薬を持っている。余計なお世話かもしれないが、宿営地に着いたら、第六皇子の近侍に薬をお届けしようと思う。

「あと二刻ほどで予定地に着けるはずだ。行軍が停止したら前に来い」

「はい！」

剣を振るえない凪は、後方の補給部隊に組み込まれた。鳴洛は天焔の傍に付いているので、最前方にいる。鳴洛はきっと、天焔に言われて様子を見に来ただけなのだろう、また馬を駆って前列に戻っていく。

「……」

喬丹が突破してきたというのは、西の端にある関所「錬玉関」だ。西域と北窯とを結ぶ交通の要所で、そこから先は足が沈むほどの砂漠が延々と広がっている。

国境沿いに巡らされた長い城壁には、こうした関所が数か所ある。そこで、商隊や通行手形を持った僧、旅人などを通す。西は砂漠、北は草原の広がる地平線に、突如現れる楼閣だ。

交易拠点である関所は物資が豊かで、しばしば遊牧民たちが急襲してくる。そのために、分厚い砦と高い鐘楼が築かれ、手厚い軍備が敷かれていた。

その門を突破されたのだ。

しかし、突破した内側は確かに北窯の領土だが、その次の宿場である深珠までは乾いた大地が続く。河川が極端に少ないこの地域では、点々と繋がるオアシスをたどりながら山を越えないと、豊かな穀倉地帯までたどり着けない。

天焔たちは、逆に都から錬玉関へと迎え撃つルートを進んでいる。

——先読みはするなと言われたけれど……。

最短で進むため、軍の駐屯地から次の駐屯地までを突っ走っている。斥候はこれより早く前に行けるのだろうかと案じていたら、天焔の放った部隊は、扇状に左右に広がりながら進んでいた。

《直進してくるとは限らぬからな》

錬玉関の次のオアシスである深珠に向かうなら、直進が最も効率がよい。だが喬丹の目的が食料にあるのなら、山の手前あたりで左右に動く可能性がある。砂漠と穀倉地帯を分ける山々が、一つの分岐点だった。

——山を越えたら、喬丹軍とぶつかるかもしれないのだ。

連山は目の前だ。凪は頭を覆う布の端を口元に引き寄せ、上がる土煙を避けながら見つめた。

夜、ようやく宿営地に着いた軍は、それぞれ馬を休ませ、食事やテントの準備をしていた。軍の駐屯施設を利用するが、五千騎の軍をすべて収容することはできないからだ。

天焔をはじめとした上官クラスは宿舎で寝食が供される。下士官や雑兵は野営だ。近侍となった凪も天焔の席の後ろに控え、そこで腰を引き気味に現れた第六皇子に目をやった。

——やはり、痛そうだ……。

自分は言われたほどひどい痛みはこなかったが、宮中の暮らしに慣れている皇子には、厳しい環境だっただろう。天焰の手前、虚勢を張っているが、歩き方で痛みが走っているのがわかる。凪は、天焰が食事を終え、鳴洛とともに各上官のところを廻《まわ》りに行ってしまってから、薬を届けに英芯の陣営に行くことにした。

　とはいえ、場所がわからないので、天焰の軍の上官を捕まえて場所を尋ねる。すると、相手は親し気な笑みになった。

「なんだ、あの時の華翡族か。ずいぶん出世したな」

　その上官は豪湖《ゴウコ》と名乗った。髭面の、仁王《におう》のような体格だ。東威軍が川を決壊させた時、最も川に近い場所にいたのだと言う。

「あの時は、お前のおかげで助かった」

「いえ……」

　実際はそんなに役に立てていない。けれど、好意的に言ってもらえるのは嬉しい。

「英芯殿下のお部屋はこっちだ。華翡族の薬なら、喜ばれるだろう」

　連れていってもらい、侍従に塗り方を説明して手渡した。

　翌日――。山脈を抜けた北窯軍は、横に広がって進軍することになった。

　作戦会議が駐屯地の一室で行われ、台に広げた地図を囲み、天焰が居並ぶ武将たちを見回す。

「深珠からはまだ襲撃の報を受けていない。もしかすると、狙いをほかに定めたかもしれぬ」

騎馬民族はつむじ風のように突如現れると言われている。

「国境まではできる限り横に広がった形で進む。喬丹軍に遭遇した場合は、個別の判断で戦うように」

第六皇子がさりげないふうを装って割って入った。けれど、声の硬さは誤魔化せない。

「相手は千騎単位だと聞いております。個別の隊で戦うのは、戦力に劣りませんか」

こちらはその半分の五百を一隊として編成している。見つけたら戦わずに主隊に報せ、集まって攻撃してはどうかと提案してきた。

「いや、それでは遅い。こちらが見つけた時は相手も我が軍を見つけている。最初から己の隊だけで戦うと覚悟しておいたほうがよい」

英芯が小さく息を呑んでいる。天焔は静かに諭した。

「遮るもののない砂漠だから、敵の姿も発見しやすいだろうというのは甘い考えなのだ。喬丹は、視界が効かぬほどの距離から竜巻並みの速さで襲ってくる。相手の姿が見えた時は、もう戦闘がはじまっているのだ」

「……」

「大丈夫だ。一隊でも充分戦闘に耐えられる装備をしてある」

広い範囲を捜索するために、一隊の規模を小さくして隊数を増やしている。その分、一部の兵に火薬を装備させていた。天焔は、この戦いでまだ実戦での使用例が少ない火薬を試すつもりらしい。

「し、しかし……華翡族を捕らえる時は、一万を揃えたのに」

「喬丹との闘いは機動力が優先だ。歩兵の数をいくら揃えても役に立たぬ」

これ以上喬丹を国内に進ませないためにも、できるだけ早く見つけ、討ち取らねばならない。そのために、隊と隊の距離はギリギリまで広げてある。

「仮に狼煙を見つけてほかの隊が駆けつけたとしても、着く頃にはだいたい決着がついている。援軍はあてにしないほうがよいのだ」

英芯は声も出さなかった。天焔は初陣でがちがちになっている異母弟に言い聞かせている。

「怯えて背中を見せると、獣以上に獰猛《どうもう》に追ってくる。隣の隊に合流するという考えもやめておいたほうがいい」

「も、勿論です。当然です」

天焔は励ますように笑みを見せ、英芯の右腕である武将を見た。

「頼んだぞ。無論、狼煙が上がればこちらも全力で駆けつける」

「は……」

まだ、英芯は地図を見つめて固まっていた。

「そう心配するな。最悪の場合を想定して話しただけだ」

天焔が、気位いの高い異母弟を刺激しないように、やんわりと気遣っているのが、凪にもわかった。

「明日も早い。身体を休めておくといい」

「わかりました……」

英芯は側近と武将たちに囲まれて、あてがわれた部屋へと戻っていく。天焔はその様子を黙って眺めていた。足音が完全に遠ざかると、天焔配下の武将たちがそっと主を見る。

「……あれで、あちらの部隊は大丈夫でしょうか」

ひとりが口火を切ると、場は〝戦闘に不慣れな第六皇子の軍をどうするか〟の審議に移り変わっていく。天焔は、皇族に対しての物言いを咎めることなく、現実的に対処しようとしていた。

「本人はともかく、隊を指揮している上官たちはそれなりに戦歴がある。英芯の隊が喬丹と遭遇しても、応戦はできるだろう」

「あちらの隊長も見知っております。無理とは言いませんが、騎兵戦にはやや不安がありますな」

「英芯様の隊の両脇だけ、距離を近づけておきますかね」

「ああ……それしかないだろうな」

天焔は、英芯の左右に陣を取る部隊の隊長に声をかける。

「すまないが、よろしく頼む」

「お任せください」

髭面の武将、壕湖は豪快な笑みを見せた。

「本当は、英芯様にも現実を見ていただくよい機会ですが、相手が喬丹だ。初《しょ》っ端《ぱな》に斬り合う相手ではありませんね」

天焔の軍では、それぞれの隊が指示を待たずに自律的に動く。それは、こんなふうに互いの連絡が取れなくなる距離で敵に遭遇した時、自分の判断だけで戦えるようにするためなのだ。

――だから、花南からの帰りの時、あんなにすんなり動けたのか。

今回選抜された武将たちは、長く天焔に仕えている武人たちばかりだと聞いた。誰も英芯を笑ったりはしないが、未熟さゆえに戦えなくなることを案じている。そして、具体的にどう配備してサポートしようかと打ち合わせていた。

細かい詰め作業をしていると、ふいに天焔が顔を上げる。

「凪、ここはもういい。先に戻って眠っておけ」

「いえ、大丈夫です」

上司の鳴洛も起立したままじっと控えているのに、自分だけ安穏と眠るわけにはいかない。首を振ったが、天焔は笑った。

「ここにいてもそなたの仕事はない。ただ立って、無駄に体力を消耗することはない」

ろうそくの灯りに、黄金色の髪が眩しい。隣で、だみ声の壕湖が相槌を打った。

「そうだそうだ。殿下がおっしゃってるんだから、遠慮するな」

鳴洛も、目で頷いている。

「……はい、では、恐縮ですが失礼いたします」

凪はひとり、宿泊場所へ戻らせてもらった。


眠る場所は天焔の部屋のすぐ隣で、鳴洛と同じ部屋だ。レンガでできた兵舎を手燭を持って進むと、部屋の前に人が待っていた。

「凪様」

英芯の侍従だ。腫れに効く軟膏《なんこう》を渡した時に挨拶を交わしている。相手は声を潜めた。

「実は、殿下が腹痛を起こされておりまして……」

診てもらえないかと言う。

「私は施療の経験がありませんので、お役には立てないかと」

英芯の軍には軍医がいるはずだ。だが、侍従は困った顔をする。

「殿下が、凪様なら絶対薬を持っているから連れてこいとおっしゃるのです」

どうか、様子を見るだけでもいいから来てくれと言われ、凪は頷いた。気難しそうな英芯の命令だ。断るとおそらくこの侍従が板挟みになるのだろう。

「診たてはできませんが、腹痛によいとされる薬は持っておりますので」

「ありがとうございます！」

侍従が急ぎ足でこちらへ、と急《せ》き立てる。なんの疑いもなく付いていこうとした矢先、背後から何かが振り下ろされ、凪は意識を失った。

「起きろ！」

「……っ……」

凪は、激しい揺れと、脇腹を蹴り上げられる衝撃で意識を取り戻した。

――ここは……。

床に転がされている感覚があり、目を開けると英芯が見下ろしていた。馬車の中だ。ガラガラと車輪の音が耳に響く。

英芯が屈みこみ、ぐいっと襟を取られる。縄を打たれていて、腕が動かない。

「喬丹の動きを読め」

英芯の眼が血走っている。凪は、危険な兆候だと思った。

――お心が昂《たかぶ》っていらっしゃるのだ。

馬車の窓から差し込む月光で、異様にぎらぎらした英芯の眼が浮き上がって見える。気を病んだ者が、時々こんな表情になる。あらぬ妄想を口走り、興奮して手がつけられなくなるのだ。昔、ある国で困った家族が華翡族をこっそり呼び、長が薬を煎じたので見たことがある。

――初陣で、気が張っていらっしゃったからか……。

緊張と焦りが度を超すと、正常な判断ができなくなるのだ。英芯の表情は、まさにその時の患者と同じだった。

「いいか、危ないと思った方向をすぐ教えろ」

「……」

馬車は猛スピードで走っている。凪は、おそらく都に戻ろうとしているのだと想像した。今日、越えてきた山脈へ向かっているのだ。

「夜に、山へ入るのは危険です」

「うるさい！　その危険を読むのがお前の役目だ！」

不案内な土地で、夜に移動する危険だけではない。山裾は木々や崖に遮られて、限りなく視界が悪くなるのだ。敵襲とはまったく違う危険があるのだが、英芯がそれをわかっているとは思えない。

「いいか、何かが来たら、すぐ言うんだ」

じっと耳を澄ませてみる。英芯の軍は、天焔に負けまいと数を競っていたので、三千騎の陣容があるはずなのに、馬車以外の音がしない。

——まさか……自軍を置いていらしたのか。

襟は摑まれたままだ。英芯の唇が、わなわな震えているのが見える。凪は、自分が置かれた状況よりも、この皇子のことが気の毒でならなかった。

誰でも、初めて戦闘の場に出る時は怖いだろう。けれどこの皇子は誰にも〝怖い〟と言えないのだ。

——ご自分でも、天焔様と比べてしまうだろう……。

いくらも歳の違わぬ兄があれだけ完璧であったなら、負けたくない気持ちはより強くなるだろうし、張り合っているのだから、初陣が怖いとは決して言えまい。

明日になれば、ひとりで隊を率いて進まなければならない。きっとそれに耐えられなかったのだ。

何か言い訳を作って都に帰るつもりなのだろうが、夜中の移動は無茶だ。

——なんとか、落ち着いていただける方法は……。

せめて、夜が明けて足元が見えるようになるまで待ってもらえないだろうか。その時、ふいに背中がぞくっとする感覚があって、凪はそちらに意識を集中した。

災厄の気配を感じた気がする。

——こんな時に……。

もし喬丹の軍だったら、この馬車ではとても逃げられない。せめて位置だけでもきちんと把握しようと、凪は意識を集中した。

けれど、英芯に揺さぶられる。

「おい！　返事をしろ！　聞いてるのか！」

——お待ちください……少しだけ……。

今、声を出せる余裕はない。だが、英芯の声は恐怖に駆られている。

「何か言え！　どこに危険がある！」

馬車の斜め前方だ。山裾に近い。凪は曖昧なまま目を開けた。どちらにしても、薬の処方なしで深く読むのは危険だ。

「……山裾に、気配がありました」

英芯は顔を引き攣らせたが、引き返したほうがいいと進言すると逆に激高した。

「帰らせようという魂胆だな！　ふざけるな！」

「いえ、決してそのようなことは」

本当に危険な気配なのだ。凪は説明しようとしたが、英芯は聞かない。

「そんな見え透いた手に誰が乗るか！　私は騙されぬぞ」

「英芯殿下」

唇を震わせ、第六皇子はどん、と凪の身体を床に投げつける。

「兄上の犬め！　私が戻って大恥をかけばよいと思っているだろう」

「そのようなことはございません」

「私は逃げたわけではない！　急ぎ、父上に報告せねばならない儀があるのだ」

戻っている猶予はないと言い張る。

「では、せめて迂回を……」

「ならぬ！　もうよい！　お前の言うことなど信じぬ」

——気配が近づいている。

皇子は、お前など連れてくるのではなかったと詰《なじ》っている。けれどもう、聞き取れないけれど遊牧民の馬が疾走してくる小さな波を感じる。

——駄目だ。間に合わない。

凪は皇子を説得するのを諦め、馬を駆る兵士のほうへ叫んだ。せめて、少しでも北窯軍に見つけてもらいやすいようにしなければ。

「戻ってください！　兵舎へ戻って！」

「黙れ！」

迷った兵が馬を止めると、静けさの中に何頭もの蹄の轟きが聞こえてくる。英芯が恐怖で黙った。

——天焔様……！

◆◆◆

天焔は、鳴洛から凪が見当たらないと報告を受け、探しているうちに英芯の出奔を知った。

鳴洛が声を潜める。

「ひそかに馬車だけで出たようです。英芯様の隊はまだご不在に気付いていない様子」

「……ならば騒がないほうがよい。うまくすれば悟られぬうちに連れ戻せる」

——まさか、凪を連れていったのか……？

あり得ないことではないと思う。英芯ははじめから凪の予知能力をあてにしていたのだ。天焔はしばらく考え、直下の武将たちを呼ぶように命じた。

まもなく夜が明ける。主が軍を放り出して都に戻ったと知ったら、英芯の隊は士気を下げるだろう。それは避けたい。

天焔は、駆けつけてきた武将のひとりに駐屯を任せた。

「私が捜索に出る。すまぬが、戻るまで代理を頼む」

「殿下、捜索なら私めが……」

「いや、そなたらは待機していてくれ」

——凪……。

英芯もだが、凪のことが最も心配だ。天焔はごく少数の上官を選び、百騎だけ用意させて目立たぬように駐屯地を出た。

　山々は黒い影のように浮かび、低い月が地面をうっすら照らしている。

　――この薄闇の中で出ようというのだ。よほど追い詰められたのだな。

　天焔は猛スピードで馬を駆りながら、もう少し英芯に楽観的に言ってやればよかっただろうかと反省した。だが、摸擬戦ぐらいしか知らない英芯が、甘い考えのまま喬丹に遭遇したらまず命はない。将が愚かな采配をすれば、犠牲になるのは下の兵たちだ。厳しくても、現実的なことは教えておかなければならなかった。

　――大ごとになる前に収められればよいが。

　速度を上げて山裾に向かうと、だんだん、周囲の景色がはっきりしはじめた。

　夜が明けるのだ。

　朝陽が差し込む前に、濃紺の空気が薄布をはぐように明るくなっていく。その時、はるか前方に気配を感じた。

　目を凝らすと、炎が上がっているのが見える。無数の松明と、もっと大きな火だ。

「殿下！」

　武将たちの声に天焔も頷く。捜索隊は次の瞬間に扇型に広がって走った。

　燃えているのは英芯の馬車だ。そして、その周囲で弓を構えている無数の騎馬兵は、喬丹だろう。

「周囲を頼んだ！　壕湖、私に続け！」

「おう！」

壕湖も叫び返す。残りの武将たちは弓兵のほうへ猛進した。相手も、すでにこちらへ狙いを定めて無数の矢を放ってくる。

ヒュン、という音が暁を待つ空気を切り裂いて響く。天焔も姿勢を低くし、剣で矢を薙《な》ぎ払いながら炎のほうへと走った。

――英芯！

燃え盛る馬車の前に、まろび出た人影がある。白絹が目立っていて、遠目でもそれが英芯だとわかった。一緒に塊になっているのは鎧《よろい》姿の兵士だ。

――凪はどこだ……。

凪の姿が見えない。馬車を取り囲んだ喬丹は、面白がっているようだ。一気に襲わず、囲んで嘲笑を浴びせている。

まだ、あの炎の中に凪がいる……そう思った瞬間、天焔の血が沸騰した。

「壕湖！　英芯を頼んだ！」

「殿下！　危険です！　殿下！」

迷わず炎に突っ込んでいく天焔に、壕湖が驚いて止める。だが天焔は躊躇わなかった。

黒煙を上げて躍り上がる炎の中に、凪がいる。見えるわけでもないのに確信できる。

――何故だ……。

何故、凪がこんな目にあわなければならないのだと思った。予見の力は彼が望んで得たものではない。けれど、まるで何かを浄化するかのように炎が燃え盛る。天焔にはそれが、天の示す裁きに見えた。

凪は禍つ者だというのだろうか。華翡族が言うように、傾いた理《ことわり》を戻すためだけに生まれ、死んでゆかねばならぬ駒だというのか。

——違う……絶対に違う。

どのように定められた命運を持っても、その道筋を変えることはできるはず。天焔はそう信じた。定めのままに終わる者もいるだろう。足掻いたまま途上で終わる人生もある。けれど、決して可能性を閉ざされたわけではないのだ。凪ひとりで変えられないほどの運命なら、自分がその路《みち》をこじ開けてみせる。

——死なせぬ！

突進する天焔に、喬丹の一騎が遮るように躍り出た。だが天焔は剣でそれを払いのけ、馬が怯える隙すらない速さで、崩れかけた馬車の炎に飛び込む。

「凪！」

馬車の床に華翡族の赤い衣が見える。炎が扉や落ちた天井を燃やしていたが、凪そのものにはまだ火が回っていない。天焔は走りながら瞬間的に凪の身体を拾い、反対側に飛び抜けた。

「ほう……」

その瞬間に、先刻切り交わした相手が、興味深そうに回り込んでくる。天焔は意識がない凪を片腕に抱き、そのまま振りかざされる剣と刃《やいば》を交えた。

——……呼吸は、まだある。

左手に抱いた凪はまだ生きている。鼓動を感触で確かめると、もう後顧の憂いはない。天焔はザッと向きを変え、目の前の敵を見据えた。

「北窯軍か」

「いかにも」

「臆病風に吹かれて逃げ出す者ばかりかと思ったが……」
ク、と低く喉で嘲笑《あざわら》う。
「少しは骨のある将もいたらしい」

相手は草原の勇猛、喬丹独特の衣を纏っている。長い髪を高く結い上げ、狼のような鋭い双眸を向けてきた。

――並みの者ではない……。

喬丹の兵は千騎で一部隊だ。だが、目の前の男から漂う覇気から、千ごときで収まる器ではないように思えた。

はっと鋭く叫び、栗毛《くりげ》馬を駆る相手が躍りかかってくる。天焔は右にすり抜けるように走り、その剣を流した。同時に切り返し、相手の背中を取ろうとする。

「面白い……やるな……」

大振りの剣を片手で軽々と扱い、相手は馬上で上体をひねり、天焔の剣を弾き返す。天焔もまた間を置かずに左側に入り込んで首を狙った。

突きかかる、受け太刀された刃が金属音を響かせる。引いた刃を閃《ひらめ》き返し、天焔は何度も切り結び

あった。

――手応えがある。

強力な軍事力を誇る喬丹でも、これだけの使い手はそうそういないだろう。黒髪をなびかせ、雷鳴のように剣を振り下ろす男に、天焔は内心で感心している。

何度か喬丹と相対したことはあるが、こんな相手は初めてだ。戦いながら、倒さねばならない相手だと思いつつ、剣を交わせる高揚を覚えている自分に気付く。

相手も何かを感じているらしい。周囲の喬丹兵が加勢しようと近づきかけたが、それを止める。

「来るな！　一騎でやりたい」

「牙狼《がろう》様！」

――牙狼……？

すると、これは喬丹の跡取りと目されている男だ。天焔は剣を捌《さば》きながら破顔した。

「なるほど、貴殿が牙狼か……」

その噂は聞いている。現在の長の四番目の息子で、東威が独立できたのも、牙狼が宗主国を襲って倒したからだと言われている。

こんな好敵手と戦える高揚感でゾクゾクした。凪を抱えながら突進し、鍔迫《つばぜ》り合いの戦闘を繰り広げる。

そして互いの胸に向かった刃先がほんのわずか牙狼へ長く届いて、黒髪がひと房はらりと落ちた。

間合いを制してから名乗りを上げる。

「北窯第一皇子の天焔だ。貴殿の名は聞き及んでいる」

牙狼はしばらく見合ってから、にやりと笑って剣を下ろした。

「噂に違《たが》わぬな。確かにいい腕だ」

害意がないことを示すために、牙狼が剣を鞘に納めた。天焔もそれに合わせる。

指揮者が剣を納めたことで、背後の兵たちも見合ったまま止まった。

不思議な静けさだ。

草原の民の家督は、兄弟相続が多い。若輩の息子では荒《あら》くれる漢《おとこ》たちを抑えることができないのだ。

だが、この男は見た目に天焔と変わらない歳で、叔父たちはもとより上にいる諸兄まで差し置いて、喬丹の頂点に立つだろうと噂されている。

「よい機会を得た。一度、話してみたかったのだ」

「ふん……」

「何故、正当な取引をせずに襲う」

喬丹は遊牧民だが、定住の民も支配下に入れている。決して貧しさで物資を奪いにくるわけではないはずだ。

天焔が問うと、牙狼は唇の端を上げた。

「異なことを。もとはと言えば喬丹の土地だったものだ。我が地に実るものを、我々が手にして何が悪い」

「今は北窯だ」

「奪った側の理屈だな」

錬玉関は、かつてはソチクという名のオアシスだった。治めていたのは喬丹に飲み込まれた古い国だ。

遡れば、必ず何処かが何処かを併合している。北窯もその祖をたどれば、十五以上あった国の一つにすぎない。

牙狼はガツッと手綱を引き、不敵な眼を向けた。

「まあいい。今回は欲しい分だけ手に入れた。もう用はない」

意外な言葉だ。血気に逸る喬丹は、攻め入ったら戦力の限りを尽くして略奪し続ける。当然、錬玉関だけでは済まないと思っていたのだ。

だが、牙狼が向きを変えると、後ろにいた兵はすべてそれに倣《なら》った。

——退却するというのか……。

驚いて見ていると、牙狼が振り向く。

「華翡族には恩がある」

——凪……？

いつの間にか、凪は腕の中で目を開けていた。牙狼は凪に向けて言う。

「長の後ろにいた者だな。瞳が黒いから覚えていた」

地平線に太陽が昇る。照らされた大地には、黒々とした喬丹の大軍が見えた。

——千騎いたのか……。

「これで借りは返したぞ……」

「ありがとう……ございます……」

「……凪」

退却、と声を張り上げ、牙狼が先頭へと駆けていく。見えていた兵だけでなく、森からは続々と騎兵が続き、疾風のように太陽に向かって土煙を上げていく。

離れて見守っていた壕湖が近寄ってきた。こちらは前に焦げた服を着た英芯を乗せている。

「追わなくてよいのですか」

「あの規模に追撃してどうする」

「……確かに」

しかし、よく隠れておりましたなと、壕湖は感心したように山裾を振り返った。

天焔も朝陽を反射して輝く山々を仰ぐ。

「運が味方したな……」

被害状況を調べなければなんとも言えないが、北窯軍が山を越えてきた時、彼らはほかの場所にいて、入れ違いでこの山に到着したのだと思う。もし、この細い山道でぶつかっていたら、相当な痛手を被っただろう。彼らが、夜間に移動していたのも意外だ。

「兵舎に戻る。喬丹が本当に退却するのかも、距離を置いて確かめねばならぬ」

「は……」

それだけではない。残兵がいないかの確認、略奪された被害状況の調査、壊された城壁の修復指示……やることは山のように残っている。

だが、心から幸せだった。腕の中には凪がいる。

「無事でよかった」

「天焔様……」

頬が煤《すす》だらけだ。天焔は朝陽の中を走りながら、そっとその頬をぬぐった。

◆◆◆

天焔に抱えられて駐屯地に戻り、部屋で着替えを手伝っている時、凪は天焔が腕を火傷《やけど》しているのに気付いた。

「ああ、馬車の時のだろう」

天焔はこともなげに言うが、自分を助けるために、燃えている馬車に飛び込んだせいだ。

「……申し訳ございません」

おそらく、鎧の間に火が移って布が燃えたのだ。右肩の一部が爛《ただ》れている。凪は井戸から汲んだ水でそこを冷やしながら詫びる。

「気にするな」

そういうわけにはいかない。凪は火傷用の薬を帯から取り出し、患部にそっと塗る。包帯代わりに、薬を結んでいた帯紐を腕に巻いた。

「そなたのおかげで助かったのだ」

手を止めると、牀に腰かけた天焔が微笑む。

「こちらは英芯のことを大ごとにすまいと思っていたから、兵をほとんど連れていなかった。あの状態で本気で戦われたら、我が軍は指揮系統を失うところだった」

物資を充分に強奪したというのもあるだろうが、牙狼は凪に免じて退いたのだと言った。あの男を見識《みし》っていたのかと聞かれて、凪は数年前のことを話した。

「東威にある街に逗留《とうりゅう》していた時、身分を伏せた方に長が呼ばれて、薬を処方したことがあるのです」

患者は屈強だがまだ若い男で、矢傷がもとで破傷風を起こしていた。

「症状が重くて、生死を彷徨《さまよ》うような状態でした」

街中に匿われていたが、草原の民だとひと目でわかった。凪は長に命じられて二十日ほどその若者の看病をした。

「ご兄弟からお命を狙われていたので、ひそかに治したいのだとおっしゃっておられました。ですがまさか、あのような身分の方だとは……」

「……そうか」

遊牧の民は、時おりキャラバンの護衛を務める。砂漠を越える時は、華翡族もその隊に同行させてもらうことで安全に横断できるのだ。代わりに護衛の人々は華翡族の薬と、行《ゆ》く先々の情報を手に入れる。だから彼らとは浅からぬ縁を持っていた。

――覚えていらっしゃるとは思わなかった。

半死の状態で診せられ、ほかの患者も抱えていた長が凪に世話を担当させた。とはいえ傷口を消毒し、日に何度か薬を飲ませるだけだ。会話らしい会話はしていない。

それでも、あの時土気色の顔をしていた牙狼が回復してくれたことはほっとしたし、こんな形で助けてくれたことがありがたい。

もう何年も前のことを思い返していると、沈黙していた天焔が口を開いた。

「一族のもとに、帰りたいか？」

凪は笑顔で首を横に振った。

「いえ……」

喬丹の襲来を感じた時、その予見が華翡族に関係ないことに気付いた。そして、もうそのずっと前から、自分は天焔の危機だけを読み取っていたことにも気付いた。

――川の決壊の時もだ。

一族の助命のためではなかった。あの時、天焔の無事しか案じていなかった。

心はとっくに天焔を選んでいる。凪はきゅっと腕に巻いた帯紐を結んだ。

「私は一生、天焔様にお仕えしたいです」

迷いはない。言い切ると、そっと包帯をした腕が頭を抱えてくれた。

「天焔様……」

胸元に引き寄せられる。

「華翡族に戻りたいと言われたら、どうしようかと思っていた」

華翡族には恩赦とともに土地を与えたこと、そしてその時、凪を戻さなくてよいことを確認したと言う。

当たり障りなく言い換えていたけれど、一族のほうが自分を手放したのだとわかる。凪はその手に身を委ねて微笑んだ。

「戻れと言われたら、きっと、とらめの時より泣いたと思います」

薄々、捨ておかれたのだろうと想像していた。それを感じさせないようにしてくれた天焔の配慮が心に沁《し》みる。

「どうぞ、お傍に置いてください」

「それが、そなたの答えということでよいのか？」

――あ……。

もう一つの〝宿題〟を思い出し、凪は顔を上げた。

「戦は、カタがついたからな」

告白の返事をしなければいけない。すっかり天焔に抱きこまれている自分に気付いて、凪は心拍を上げた。

「……ぁ……あの…」

答えを待っている天焔の、笑いをこらえた顔が眩しい。けれど、凪は抑えきれない感情で、その頬に手を伸ばした。

「はい……」

天焔を愛している。それが可能かどうかは関係なく、天焔とこうしていたい。

「そうか……」

ぎゅっと太い腕が背中を包んでいる。息ができないほど抱きしめられて、凪は頬を染めて抱き返した。


二日後、北窯軍は喬丹の退却を確認し、国境壁の修復責任者に壕湖を任じて、天焔は菱洞城への帰路についた。今回は喬丹側の意志で襲撃が収まったが、いつ再襲されるかわからない。準備が整い次第、都から兵が増強される。

菱洞城では帝がまた大仰に帰還を喜び、天焔はふんわりと英芯の醜態を濁して報告した。鳴洛とともに随従していた凪はちらりと英芯を見たが、彼は羞恥に唇を噛み締めていたものの、自ら言を覆すことはしなかった。だから、宮廷ではただ〝喬丹を追い返した〟という認識だ。

報告を終え、夜になった。

行きも帰りも強行軍だったが、天焔配下の武将たちは、〝朝飯前〟という顔で戦の装備を解き、豪快に慰労の酒を楽しんでいる。天焔も、一通り彼らと酒を酌み交わしていた。

このあとしばらく休暇がもらえる武将たちは、ふるまわれたご馳走《ちそう》と酒、舞女たちに上機嫌だ。天焔は、座が盛り上がっている間に、目立たぬようにその場をあとにした。

鳴洛と凪が供をして、水鏡宮に戻る。凪は天焔の後ろで渡り廊下を進みながら、夜空を見上げた。

紺碧《こんぺき》の空に、銀の滴のように月が輝く。

――そうか、もう三日月なんだ……。

月の満ち欠けが、過ぎた日々を数えさせた。釉薬《ゆうやく》のかかった屋根瓦が月の光を受けていて、なんとなく、この美しい宮殿が現実のものではないような気持ちになる。

土埃にまみれ、レンガ造りの兵舎で寝泊まりしていた日々から帰ってきたせいかもしれない。

水鏡宮を彩る木々も、わずか半月宮を空けただけで違う花の盛りに移り変わっていて、百日紅《さるすべり》が華やかな赤い花を水面に浮かべている。微風に、木蓮《もくれん》に似た泰山木《マグノリア》が薫香を漂わせた。

部屋まで送り届け、鳴洛が一礼すると天焔がねぎらいの言葉をかけた。

「そなたも、今回もご苦労だった。ゆっくり骨休めしてくれ」

「ありがとうございます」

そして一緒に頭を下げた凪に、天焔が手を差し伸べてくる。

「そなたの住まいは今日からここだ」

――え……。

「では、私はこれで」

「え……あ……」

――鳴洛様……。

鳴洛はまったく反応せず、淡々と去っていく。そして取り残された凪は天焔を見た。

「どうした？」

天焔は穏やかに微笑んでいる。

「で、でも……」

ここは天焔の住まいだ。そう言うと天焔にすっと肩を抱きこまれる。

「気持ちの答えをもらったと思ったのだがな」

愛ではないのか、と聞かれて凪は天焔の腕を摑んだ。

「あ、愛です……たぶん」

「多分なのか」

天焔がからかうように笑う。凪は恥ずかしくて言い訳する。

「私は……そういうことをよく知らなくて……」

見聞きしたことがない、と正直に言うと、頭を抱かれて額に唇が落とされた。

「息の仕方を誰も教えないのと同じだ。愛おしいという気持ちは、誰に教えられずとも備わっている」

――ぁ……。

悩ましい感触が頬を熱くする。思考が蕩《とろ》かされていくほど心地よい。

「そなたは私の伴侶だ。ともにここで暮らし、この部屋の主になる」

「……そ……そのような……」

それは天焔の后となる者の立場だ。そう言いたいのに、髪を掻き混ぜる指の感触と、体重ごと預けさせるかのように抱き込む腕に、声が上擦ってうまく言えない。

「私の后は、そなたということになるな」

天焔の唇が頬に触れ、耳元でささやかれてゾクゾクと背が震えた。

「て、天焔さま……」

「嫌か？」

喉元に唇を這《は》わせていた天焔に見上げられてしまう。天焔は甘えたように笑った。

「で、でも……私は男です」

「無論、承知の上だ」

后が女でなければならないという法はどこにもない、と天焔はさらりと言う。

「ですが……その……女性でなければ、子は成せません」

その過程はよく知らないのだが、子を産めるのが女性だけで、だから女性を妻とするのだというところまでは勿論わかっている。

「皇太子様には、お世継ぎを産むお后様でなければ」

戸惑う凪を、天焔がすっと膝裏を掬うように抱き上げた。

「弟妹なら覚えきれないほどいる。どれも帝位を継ぎたいという者ばかりだ。あれ以上、後継者候補を増やす必要がどこにある」

――……。

反論のしようがない。というより、横抱きにされたことに驚いて、話の内容が吹っ飛んでしまう。

「天焔さま……あの…あの……」

何故抱き上げられたのかを問うより先に、寝台に運ばれてその上に下ろされる。

水鏡宮の主室は、正面の奥に牀がある。凪に与えられた部屋のように、壁際に寄せて使う細長いものではなく、ほぼ正方形で段を上がらねばならない、やや高く造られたものだ。

四方と屋根は彫り飾られた柱が支え、鶸《ひわ》色に染められた絹の上掛けが段まで垂れ下がっている。

天焔がクスリと笑った。

「まだ、不安なことがあるのか？」

——どうしよう……。

どう聞いてよいかわからないほど、この先に何が起きるのかがわからない。

閨房《けいぼう》、という言葉だけは知っている。華翡族の秘薬には媚薬《びやく》の類もあって、時おりそれらを所望する者がいる。だが、そうした顧客が話しだすと、長は必ず自分に席を外させた。

聞いてはいけないことだと、なんとなく察した程度だ。

「……」

額に唇が触れるのは、事故でもなんでもない。誰かに口で触れられるなど想像もできなかったが、何度もそうされてうっすらわかった。

これから起こることはそういう類のことなのだと思う。誰もが公然とは口に出さないことで、だから知りようもなかったことなのだ。

けれど、触れられていたい。身体がおかしなふうに疼いている。

「私は……その……作法をよく知らなくて」

天焔の手が頬を包む。強く惹き込む瞳が目の前に来ていた。

「閨《ねや》の作法や手管の書ならいくらでもあるが、意味のないことだ」

「……」

「心の望むままに振る舞えばよいだけのこと……」

——……わ……ぁ。

唇に、天焔の唇が重ねられる。思わず目を瞑ると、少しだけ唇が離れて苦笑する声がした。

「口を開いてくれ」

天焔の親指が唇の端からなまめかしい仕草で歯列に触れ、口腔を淫らに掻き混ぜる。

——あ……。

その淫猥《いんわい》さと湧き上がってくる感覚に、凪は瞳を潤ませて眇めた。どうしてこんなに血流が速くなるのかがわからない。ただ息が上がってきて、それを知られるのがとても恥ずかしかった。

「可愛い顔をする……」

クスっと笑われて、指が抜かれたと思ったら唇で塞がれた。

「……ん……」

開いたままの唇に、顔を傾けて深く口付けられる。侵入してくる舌の感触に、息が止まってしまいそうだった。

「……ん……っ……っ」

じゅわっと快感が広がる。絡め取られた舌が強く吸われてゾクゾクした。背中を抱きしめる腕が脇腹のほうをなぞっていて、その手の感触に身体が熱くなる。

——ぁ……きもち、いい……。

脳まで蕩けてしまいそうだ。じっとしていられなくて、知らないうちに天焔の腕にしがみついてしまう。

「ん……っふ……ぁ……」

熱っぽい仕草で凪の腰帯が解かれていく。唇は離してもらえず、息まで飲み込まれそうなほど激しく吸われた。

——ぁぁ……。

何も考えられなくなった。立場や作法を守らなければと考えていたわずかな理性が溶けていってしまう。唇が離れた時、上手に上着まで脱がされてしまった。

「は……ぁ……」

強烈な刺激の余韻に甘い息を漏らす。呆《ほう》けたように見つめたら、天焔が目を眇めた。

「そなたの蕩けた声もよいな」

「そ……あの……すみません……へんな、声が……」

ちゅっと悪戯《いたずら》めいた口付けが耳たぶに落ちる。脇腹から掬い上げるように膝に乗せられた。

「もっと聞いていたい」

「んっ……」

ゾクッとした刺激が腰まで突き抜けていく。身を震わせると、天焔が甘く歯を立てて耳を噛み、耳孔に舌を忍ばせてくる。

「んんっ……ぁ……ん」

ぴちゃ、という音が脳髄に直接響く。心の臓が跳ね上がるようで、淫らな愛撫《あいぶ》を繰り返されると、耐えきれずに身を捩った。

「ぁ……っ……ん、ん……て、天焔さ、ま……」

やめて、と袖を握りしめるけれど、込み上げる快感で声にならない。天焔は、逃げる身体を筋肉質な腕で閉じ込めてしまう。

「愛おしい身体だ」

「ぁ……ぁ……」

耳から喉へ、肉厚な唇が這い、きつく吸い上げられる感触に、凪は震えながら声を呑み込んだ。こらえなければ、あられもないことを口走ってしまいそうだ。

「んっ、ん……っ……ぁ、は……」

愉悦で涙が滲んでくる。衣擦《きぬず》れの音に荒い呼吸が混じって、自分でも聞いていられない。こんな姿を、天焔はどう思うだろう。みっともないと思われないだろうか。快感をこらえながらもそれが心配で、凪はどうにか目を開けた。鎖骨のあたりにいる天焔を見ると、視線が絡む。そして、その色気を含んだ瞳に、ドクンと鼓動が鳴る。

雄の欲求の強さを孕んだ眼差しが、自分を捕らえている。欲情されていることに、何故かカーっと羞恥が込み上げてしまった。

「どうした……」

髪を掻き混ぜられる。凪はとっさに自分の腕で己の身体を隠す。

「……は、裸……だから」

天焔に肌を晒していることがとてつもなく恥ずかしい。そう言うと天焔はああ、と頷いて自分の服を脱いだ。

「え、いえ……あの、そういう意味ではなくて」

慌てると天焔が笑う。

「ではどういう意味なのだ？　私と肌を合わせるのは嫌か？」

「え……い、え……」

天焔が豪華な衣を脱ぐと、隆々とした胸板と引き締まった腹筋が露わになる。今さらながら、この肌に触れるのかと思うとドキドキした。

着替えの場にいたことはあるが、こんなに間近で見たのは初めてだ。鍛え上げられた身体に、わけもなく体温が上がってしまう。

「そなたの裸など、最初から見ている」

「……あの時も、本当は恥ずかしかったのです」

きまりだから、裸を晒すのは仕方がないと思っていた。けれど、いつだって本当は周囲に見られながら服を脱ぐのは恥ずかしかったのだ。それを言うと、天焔は向かい合うように凪を抱き寄せなが髪を撫でた。

「私も、そなたの肌はもう誰にも見せたくない」

「ぁ……」

胸が密着するほど抱きしめられ、素肌の感触に喘《あえ》ぐ。

「そなたは私だけのものだ」

――天焔様……。

確かめるように手が肌の上をなぞっていく。唇が触れ、吸い上げられた痕《あと》は赤く鮮やかに充血して、淫らな印がそこここに浮き上がる。その唇が小さな胸粒を捕らえた時、凪は鋭い刺激に声を上げた。

「あ……っ……」

じゅっと乳暈《にゅううん》ごと吸い上げられ、突き抜けていく刺激に背を反らせる。けれどその身体はがっちりと天焔の腕に抱きこまれていて、凪は逃げられないままその希求に追い詰められていた。

「ん……っ、ぁ、ぁ……あ、や……」

ざらりと熱い舌に胸を押し潰され、軽く歯が当たる。固く凝《しこ》っていく粒は、舌で転がすように嬲《なぶ》られた。胸からの刺激が腰まで広まり、快感が身体の中で渦巻いている。下腹が熱くて、経験したことのない疼きが一か所に集中しはじめているのがわかる。

「や……ぁ、ぁ、ん……んっ、ま、まって……」

筋肉で張り詰めた天焔の背中に手を伸ばし、なんとかその激しい愛撫を止めてもらおうとする。けれど、まるで貪られるように吸われ、舐め上げられて止めようがない。

腫れ上がった乳暈を舐められ、唾液が淫猥に腹へと伝い落ちる。同時に反対側の粒を指でいじられ、凪はずくっと腰に落ちる刺激にその先端を充血させた。

「はっ……ぁ、っ……」

知られたくない。その場所がとてつもなく疼いて、自分で触りたくて仕方がないのに、それを天焔に気付かれるのが恥ずかしい。腰を引いて一生懸命誤魔化そうとしたのに、天焔に見つけられてしまった。

「あ……ぁ……」

手を差し込まれ、張り詰めたものを握られる。強烈な刺激に、凪は甘く声を上げた。

「ぁ、ぁ……っ、やめ、天焔様、やめて……」

「気持ちよくはないのか？」

「っ……っ……っつ……っん……」

息ができない。気持ちよすぎて声にならない。涙目のままもがくと、天焔は微かに笑って、そっと後ろ側に倒して寝かせてくれた。

「先が濡れている」

「……す、すみませ」

「おかしなことではない」

熱い息を手で押さえ、必死で声をこらえる。天焔はそう言うが、自分の身体がおかしくなっているのはわかっている。擦《こす》られるのが気持ちよくて、もっと強請《ねだ》ってしまいそうな自分が恥ずかしくてならない。

――どうなってしまうのだろう……。

こんなことは自分だけなのか。熱い息のままそっと天焔のそれを見ると、はるかに大きさの違うものが、血管を浮き上げ、腹につきそうな勢いで形を変えている。

――同じことなのだろうか。

自分が天焔に握られて、絶頂しそうなほど気持ちよいように、天焔も誰かに触れられたら同じように快感を得るのだろうか。

触れようとその腰骨あたりに手を伸ばしたら、天焔が低い声で止めて、その手を上から押さえた。

「そなたに触れられるのは嬉しいが、今宵はやめておこう」

何故だろう。不思議だと顔に出したら、天焔が手を外させる。

「そなたの身体をほぐすのに時間がかかるからな」

――ほぐす……？

疼いた芯を握り込まれたまま、もう片方の手が足の間の最奥に触れた。

「私を受け入れるのには、ここを慣らさねばならぬ」

「……」

何をするのか察しがついて、一瞬たじろぐ。あの太さをその場所に受け入れるということなのだ。

息を呑むと、天焔の顔がすぐ目の前に近づいてきた。

「そう構えるな。大丈夫だ。無理はせぬ」

「……はい」

宥めるように頬に唇が落ちる。

「辛かったら、すぐ言いなさい」

「はい」

素直に頷いた。すでに、息もつけないほどの愉悦に振り回されている。それがどんな感覚を生むのかはわからなくても、天焔の望む通りにしたい。

腕を伸ばし、天焔の頭を抱える。天焔の身体に触れ、その感触を望めることそのものが夢のようだ。

「凪……」

嬉しそうに呼ばれる声に笑みがこぼれる。凪は唇を開いて熱い舌を受け入れた。


緩やかに握られたものを上下され、凪はヒクヒクと喉を震わせる。時々緩急をつけられ、刺激に呼吸が乱れた。

「はぁ、ぁ……ぁ」

耐えられなくて潤んだ瞳で見上げると、天焔が目を眇めてわざとその手を止めたりするのだ。そうしてだましだまし、後ろの肉をほぐしているのがわかる。

「……そなたの感じた顔はたまらないな」

「て……ん、えんさま……」

焦《じ》らされて、中途半端に握られたままの腰が震える。グッと握り直されるたびに、泣きそうな声になってしまう。

「ぁ……、ん……っ」

きゅっとくびれを絞られ、浮き上がった腰が後ろに差し込まれた指を食い締めてしまう。天焔は、より緩めやすいように両膝を立てさせ、軽く脚を開いた格好にさせて様子を見ている。

「やわらかくなってきている。増やしても大丈夫か？」

「は……い……ぁ」

引き抜かれた指が、二本に増やされてもう一度侵入してくる。ぐっと押し広げられる圧迫感はあるが、痛みはなかった。頷くと、前後同時に動かされ、凪は痺れるような甘い刺激に身体を震わせた。

「ぁ……ぁ……」

脚を広げた格好のまま、身体中を見られている羞恥と、指が蠢《うごめ》くたびに湧き上がる快感に、頬を染めながら喘ぐ。

「ん、ん……っ……ぁ……ふ…」

「ここか？」

「ぁあ……っ」

上下に擦られた芯は、たらたらと薄白い液を垂らして天焔の指を汚している。蜜液に濡れたまま淫らに擦られ、身体に侵入した指は、その蜜を押し込めてくちゅくちゅといやらしい音を立てる。羞恥がより蜜を溢れさせ、凪には止めようがなかった。

「ぁっ……ん、も、もう……んぁ、……ぁ」

襲ってくる快感に耐えられない。許してくれとその腕を摑んで懇願すると、天焔は半分残念そうに笑った。

「もっと悶《もだ》えるそなたを見ていたかったが……頃合いだな」

ぐり、と鈴口を親指でなぞられ、針のように鋭い快感が突き抜けたと思ったら、激しく上下に動かされた。

「ぁ、ぁ、ぁ……ぁあっ、ぁっ、ぁっ」

喉を反らして嬌声《きょうせい》を上げる。いつの間にか三本に増えた指が内壁を抜き差ししていて、内側と外側から同時に来る刺激に、凪は腰を浮かせて絶頂してしまう。

「ぁあっ——」

頭の中が真っ白になった。ビクビクっと痙攣《けいれん》して遂情《すいじょう》し、腹に己の放ったものが飛び散る。

「はぁ、はぁ……」

肩で息をしていた。忘我していると、天焔が何故か褒めてくれる。

「よくできた」

「……」

褒めてもらえるようなことなのだろうか。もう、気持ちよすぎて何も考えられない。

余韻に浸ったままほうっとしていたら、天焔が両膝を摑み、脚を開かせていた。

「そのままでいてくれ」

意味がわからないまま頷く。吐精で力が抜けきっていて、返事ができない。

――……っ……。

狭い入り口に押し当てられたものが、ぐっと肉壁を圧《お》してくる。

「痛みはないか？」

コクコクと頷くと、熱い塊が腹の奥まで刺し抜いてきた。

「……ぁ……っ……」

想像よりもずっと圧迫感がある。けれど、身体の奥深くまで埋められていく天焔を感じるだけで、声が甘く蕩けてしまう。

息が浅く、速くなる。けれど、このままもっと奥まで天焔で満たされたい。凪が覆いかぶさる天焔の背に腕を伸ばすと、天焔も手を伸ばし、互いを抱きしめ合った。

「て、んえんさま………」

「……凪……」

低く呼ばれる熱っぽい声が脳に響く。頬を擦り合わせ、天焔の熱い吐息が耳を掠めていくのがたまらない。

――ああ………。

満ちていく快感に目を閉じる。天焔に抱かれているのが、とてつもなく幸せだ。

「そなたを抱きたかった」

――天焔様……。

抱きしめたまま首元に顔を埋《うず》められ、天焔の告白が耳朶《じだ》をくすぐった。

「そなたが望まぬ限り、無理強いはすまいと思っていたが……」

こらえるのが大変だったのだ、と苦笑気味に言われて胸が高鳴る。

ぎゅっと抱きしめ返して微笑む。

「嬉しいです」

自分を望んでいてくれたことが嬉しい。

——私はずっと、幸せだった。

宮中での日々も、戦に随行した日々も幸せだった。天焔の言葉にしない愛情を、ちゃんと感じていた。

「ずっと、こうされていたいです……」

天焔の肌の熱さを感じて、包まれていたい。その引き締まった身体を抱きしめていたら、天焔が照れくさそうに笑いながら顔を離した。

いつも、少しも動じない威厳を感じていたから、青年らしい笑みに、かえってきゅんとしてしまう。

「本当はもっと激しくしたいのだ……」

動いても大丈夫か、と確かめられて、凪は頬を染めたまま答えた。

「はい……」

「簡単に返事をすると後悔するぞ」

「……？」

天焔が上体を起こして、あやすように髪を撫でる。

「なるべく、負担にならないように抑えてみるが」

ズッ、と一瞬浅く引き抜き、肉襞《ひだ》を擦り上げて天焔が腰を動かす。深く挿《い》れられる振動と、腰全体に熱を孕んだ愉悦が波打って広がった。

「ぁ……あ、あ……ああっ」

甘い悲鳴が上がる。指とは比較にならない快感が走り抜けて、凪は身体を震わせて激しくなる抽挿に飲み込まれた。

「あ、あ、あ……あ、は……っ、ん……っ」

——あ、あ……気持ちい、い……。

「中がうねっているな」

「あ、っ……ぅんっ……んっ」

襞を引っ掛かれるように擦り上げられ、腰の中が溶けた鉄のように熱くなっていく。背を浮かせてその激しさから逃げようとすると、両腕を掴まれ、より深く穿《うが》たれた。

「あ、ああっ……あっ、あっ……」

「……悪いが、少し抑えがきかない……許してくれ」

気持ちよすぎて涙で顔がぐちゃぐちゃになる。そのまま天焔を見つめたら、突き上げがいよいよ激しくなってしまった。

「あんっ、あ、あ……んんっ、あぁっ」

低い快楽の声とともに、腹の奥に体液が広がる。けれど抽挿はやむことがなく、天焔がもう少々羽目を外してもよいかと聞いてきた。

「は……い……」

熱く息を上げたまま返事をすると、愛おしそうに頬を撫でられる。

「そんなに私を甘やかさないほうがよいぞ」

何故そんなことを言うのかと小首を傾げたら、天焔が笑う。

「私は側室を娶る気はない。私の情は、そなたひとりに引き受けてもらわねばならぬ」

無理に付き合うことはないから、辛かったら言いなさいと言われて、凪はその手を上から覆った。

「あの……気持ちよくて……大丈夫です……」

もっとしてもらいたい。頬を染めたまま言ったら、天焔の目が秋気を帯びた。

「煽ってくれるな。寝かせてやれなくなる」

「あっ……」

腹の奥で、少しも萎えないものが、嵩《かさ》を増して硬くなる。

「あ、あっ………ん、……っつ、ぁ、ぁあ」

腰を摑み、天焔は言葉通り、熱い情欲のままに凪を貫いてきた。腹に満たされていた白液がぐちゅっと爛れた音を立てて、尻のほうまで溢れていく。息が絶えそうなほど喘いでいると、天焔が呼吸しやすいように上半身を抱き上げ、向かい合わせて膝に乗るような格好にしてくれた。

ルビー色の強い眼差しに熱っぽく見つめられる。

「愛している」

答える間もなく唇を塞がれる。凪は答えの代わりにその黄金の頭を抱きしめた。

――私もです……天焔様。


ちゃぷん、と鯉の尾が水面を叩く音がして、鳥のさえずりが遠くに聞こえた。凪は、ふんわりと温かい感触に、無意識に頰を擦り付けている。

――きもちいいなあ……。

絹の寝具の感触と、何よりも身体中が包まれているような安心感にまどろむ。

――ここは、どこだろう。

もしや、仏典で説く極楽とやらだろうか。だとしたら納得だ。こんなに心地よい世界は生まれて初めて経験する。

ぼんやりとそんなことを考えながらごしごしと目を擦ると、天焔と目が合う。

「起きたか」

ぽかんとしてその顔を見つめてしまった。

天焔は長い黄金の髪を無造作に流したまま、隆々とした筋肉を惜しげもなく晒している。

――ゆうべ……。

抱かれた感触を思い出し、凪はカーっと頰を染めた。されたことと、自分の上げたあられもない声が甦って心臓がバクバクする。天焔は落ち着かせるようにぽんぽんと背中を叩いて宥めてくれた。

「身体は、辛くないか？」

「……は、はい」

天焔の腕に抱きこまれている。自分は知らないうちにその脇腹に顔を埋めて寝ていたのだ。

顔から火が出そうだ。

恥ずかしくて天焔を見られない。隠すように上掛けに潜り込むと、天焔はクスクス笑いながら凪を抱き上げて、半身を起こした。

「わ……」

「何を恥ずかしがる必要がある」

——だ、だって……。

額に、軽い口付けが何度も落ちた。

「顔を見せてくれ」

「……はい」

すごすごと上掛けを手放すと、天焔は露わになった身体を見て若干複雑な顔になる。

「……すまないな。加減をする心づもりだったのだが」

「？」

——あ……。

自分の身体に目をやると、吸い上げられて鬱血《うっけつ》したところが、あちこち花びらを置いたように赤い。

どこを吸われたかがはっきり残っていて、扇情的な印に無性に恥ずかしくなる。

天焔は申し訳なさそうにそっと上掛けを掛けてくれて、凪は上掛けごと抱えられながら、牀でとりとめもない時間を過ごした。

牀から望む水面に、百日紅の花が無数に浮かんでいる。時々鳥が悪戯のようにその花を嘴《くちばし》でつつき、水面に波紋が広がった。

明けていく初夏の青空に白い三日月が取り残されていて、二人ともその静けさに言葉もなく魅入ってしまう。

「……以前、そなたと夜明けの月を眺めたいと思ったことがある」

天焔が黒髪を弄びながらふいに言った。

「その時、望みはしたがいつ叶うことやらと思っていた」

こうして、本当にともに過ごせる日が来るとは……と、感慨深げに呟いて、何度も唇が重ねられる。凪はその感触にうっとりと目を閉じた。

——天焔様……。

自分は考えたこともなかった。望めるような相手だとも思えなかったし、誰かを愛することすら思いつかなかった。

注がれる愛で溺れそうなくらいだ。そんなものをもらってよいのかとさえ思う。

幸せすぎて、本当に夢の中のようだ。

宮の奥のほうから、小さく人の声と足音が聞こえてくる。そろそろ起床の時間で、女官や侍女たちが天焔の朝の支度をしに来る頃だ。天焔は上掛けをしっかり頭までかぶせてくれて、そっと寝床に戻してくれた。

「あとで着替えを用意させる。それまで、寝ていなさい」

「……はい……」

この格好で、女官の前にはどう考えても出られない。天焔が起き上がると、いくらもしないうちに女官が回廊から朝の挨拶をした。

「天焔様、お早うございます。お支度に伺いました」

「うむ。今日は沐浴《もくよく》をする」

「かしこまりました」

天焔は夜着を羽織ったまま回廊へ向かい、女官たちは着替えを捧げ持ってそれに続く。

水鏡宮には、この池と同じ水源から引いた水の流れる沐浴場がある。石を組んで造られたもので、常に水を湛《たた》え、循環して水路に流れ出ている。水路の下に竈が並べられていて、冬場は通る水を加熱できる、最新式の設備だ。

女官たちの足音が遠ざかっていくと、凪は無意識に詰めていた息を吐いた。

——ここに住む、と天焔様はおっしゃったけれど……。

現実的な話だとは思えなかった。

身分というものがある。いくら天焔が情をかけてくれても、さすがにそこまでは許されないだろう。

今まで通りでいいのだ。書庫の一角に住まわせてもらって、誰もいない夜だけ、こっそり天焔の傍にいさせてもらえたら、それで充分すぎるほど幸せだ。

そんなふうにとろとろと考えていたら、いつの間にかうたた寝していたらしい。凪は女官の声で目を覚ました。

「凪様、お目覚めでいらっしゃいますか？」

――……〝様〟……？

恐る恐る上掛けをめくって顔を出すと、女官が恭しく頭を下げていた。

「殿下より、ご装束のご指示をいただきました」

沐浴をして、着替えるように言われる。女官は天焔の乳母筋の出で、皆から〝お母さん〟と慕われている女性だ。

「……は、はい」

女官の礼儀として、仕える相手には常に恭しく頭を下げ、視線は下げ気味になる。貴人に不躾な視線を向けないためだ。まるで天焔にするような態度に戸惑ったが、淫らな痕のついた身体を見られなくて済むことにはホッとしている。

床に落ちていた華翡族の服を手早く羽織って格好をつけ、女官の案内に従って岩場に沐浴に向かう。基本的に、下働きの者たちはたらいに水を張って髪や身体を洗うから、この宮の沐浴場を見たのは初めてだ。

回廊を回った一番端に、離れのように張り出した四阿《あずまや》がある。池に出島のように浮かんでいて、人目を遮るために風流な大岩がいくつも配され、その周囲を木々が囲んでいた。六角形の朱塗りの柱に、破風が反り返った屋根を持ち、そこは全体が切り出した黒御影石《みかげいし》の浴槽になっている。囲んだ岩の間から、小さな滝のように水路から引いた水が流れ落ち、浴槽で波打っていた。溢れた水は、四阿の周りに造られた細い溝に落ちて排水されていく。

この宮の主である天焔以外、誰も使えない浴槽だ。本当に自分が入っていいのかわからず、女官のほうを振り返ると、ややふくよかな女官は涼むための石台に装束を置いた。

「お清めあそばしたら、どうぞお声をおかけください。あちらで控えておりますので」

数段下がった小さな控えの場所を示される。凪は困惑しながら声をかけた。

「あの……本当に、私が使ってもよいのでしょうか」

ともに、天焔に仕えていた者だ。一夜で待遇が変わってしまうことに、気持ちが追いつかない。

女官は袂《たもと》で口元を覆い、ふっくりと笑った。

「寵をいただいたからには、凪様はもう使用人のお立場ではございませんよ」

「……」

「大丈夫、どこの宮でもあることです」

昨日までの端女が、帝や皇子の目に留まって寵を得る。うまく身籠ればどんな卑しい身分の出でも、后や夫人たちに負けない待遇を手に入れられる。そんな夢のような物語があるから、女たちはより美しく、少しでもその幸運を手にしようと美を競うと女官は言った。

「それまで同じ立場だった相手に傅かねばならない。ここでは、そんなことが普通に起きます」

伏せた視線からは、女官の感情まで読み取れない。

もしかすると、心の中では面白くない気持ちかもしれないとビクビクしたが、女官はあっさりと言葉を重ねた。

「この宮に関して言えば、そう心配なさることはありませんよ。どの女たちも、さすがに半ば諦めておりますからね」

宮が建てられてからずいぶん経つ。天焔にその気があれば、どの女官でもとっくに声がかかっているはずだと彼女は言って、そっと顔を上げた。

「貴方が初めてです。殿下もよほどお気に召されたのでしょう」

——あ……。

コロコロと笑う顔に、嫌な感情はなかった。

いつも、若い女官や侍女たちを大らかに見守っていた女性だ。凪も入りたての頃、ねぎらいの言葉をかけてもらったことがある。

「ごゆっくりお使いくださいませ」

「……ありがとうございます」

女官のおかげで、凪は穏やかな気持ちで沐浴させてもらった。

天焔から指示されたという装束は西域風のもので、足元まである白絹の長衣に金糸刺繍《ししゅう》の入った帯を締め、オリーブ色の長い羽織を上から着る。羽織の袖は女性のそれほど幅はなく、襟元に葡萄《ぶどう》唐草の模様が刺繡されていた。女性用の支度だとは思うが、異国の装いなので、どちらともいえない見た目になる。凪はそれがありがたかった。

――でも、このような豪華なものを……。

西域の姫君のような装束で、着させてもらってよいのかと気後れしてしまう。支度を整えてもらうと、女官は「あとは好きにしていい」と教えてくれた。

「殿下は夕刻までお戻りになりません」

「……はい」

散策も自由、あの部屋に戻るのも自由、と言われるが、恐れ多くて天焰のいない主室には行けない。かといって、以前の書庫にも行けなかった。鳴洛と顔を合わせるのが気まずい。

「……」

どうしたものか。しばらく途方にくれて、とりあえず預けたままの虎目を引き取りに、公主の宮に行くことにした。

宮の門で取り次ぎを願うと、侍女の代わりに公主本人が小走りで近づいてくる。

「公主様」

「ちょっと、こっちに来なさい！」

「え、あ……」

ぐいぐいと腕を引っ張られ、凪はあっという間に宮の奥へと連れていかれた。

「いったいどういうことか、説明しなさいよ」

公主は凪を椅子に座らせ、向かいに立つ。

部屋は風通しのよい造りで、猫たちが自由に出入りできるように、すべての扉を開けて庭が見通せるようになっている。息まいている公主の隣で、侍女がお茶を持ってきて椅子の前の小台に置いた。

「ひめ様、少し落ち着かれては……」

「これが落ち着いていられますか」

公主は腰に手を当てて尋問体勢だ。

「あなた、お兄様のお后になったんですって？」

「え……」

もう伝わっているのかと驚くと、公主は当たり前じゃないと口を尖らせる。

「女の噂話は狼煙より早く伝わるのよ」

天焔は、今朝の参内の際、帝に宣言したのだという。宮廷中、蜂の巣をつついたような騒ぎになっていると言い、公主は凪に迫った。

「それだけじゃないわ。あの英芯様まで、あなたの味方をしたそうじゃない」

いったい何をやったの、と問い詰められて、凪はしどろもどろに返答する。

「あの……どのようなお話だったのか、私は何も知らないのです」

衣装はあとから届けられたものだ。天焔とはこの件について何も話をしていない。

「あの……〝后に〟とは、確かにおっしゃっていただきましたが」

けれどそれはあくまでも天焔の心の中だけの問題かと思っていた、と正直に話した。公式な立場としてそんなことがあるとは思えない。そう思っていたのに、公主は意外なことを言う。

「別に、女じゃない后だっていたわよ」

「え……」

「公式な記録で〝后〟って書いてあるだけで、女性じゃなかった例なんか、いくらでもあるわ」

男女問わずの側室がいて、たまたま帝が寵愛した相手が男だった場合もあるし、そもそも女性を好まない帝もいたと言う。

「はあ……」

「名前がそれらしくなっていても宦官《かんがん》だったというのもあるし、まあ、記録は体裁だけよね」

公主は大きくため息をついて、すとんと向かいの椅子に座った。茶を含むと、どうやら落ち着いたようだ。

「父上様は、お兄様がどこかの国の姫君を娶って、より血の強い孫が生まれることを心待ちにしていらしたから、なんとか翻意させようとあれこれ言ったらしいのよ」

だが、そこで思わぬ加勢が入ったのだと言う。

「英芯様がね、〝凪を傍に置くことは、吉祥天女《きっしょうてんにょ》を妻にするようなもの〟と進言されたそうよ」

現に、凪を連れていたおかげで喬丹を追い返せた、凪は不吉を予見し、天焔を災厄から遠ざけるはずだと言って、それで帝は仕方なく承諾したのだと言う。

「こう言ってはなんだけど、英芯様はお兄様に何かと張り合おうとする方よ。意味もなく加勢なんかするはずないわ」

公主はうーんと推測しはじめる。

「もしかすると、これ幸いと自分がどこかの姫を娶って、待望の孫を先に差し出すつもりなのかもしれないわね……」

むしろそれが狙いかもしれない、敵に塩を送るようなことをする皇子ではないと公主が判じだし、凪は慌ててそれを否定した。

「きっと、本当にそう思ってくださったのだと思います」

「あなたはお人よしすぎるのよ」

そんな甘い皇子ではないと公主は憤慨するが、凪はきっと違うのではないかと思った。

——あの夜の詫びのおつもりではないだろうか……。

天焔は、英芯が自軍を放り出して都へ戻ろうとしたことを、帝に言わないまま終わらせた。恐怖で取り乱した末の行動だったのだろうが、英芯にとって、あれは一番知られたくないことに違いない。自分の醜態を黙っていてくれたことに対する、英芯なりの礼ではないかと思うのだ。

英芯は、喬丹軍の将、牙狼が引き上げる時にもその場にいた。これで、自分を〝禍を招き寄せる者〟ではないと思ってもらえたら嬉しい。

だが、その経緯は公主には言えない。凪はただ頭を下げた。

「どんな思惑にせよ、帝にお許しをいただくお口添えをしていただけたのなら、ありがたいことです」

「……で、肝心のあなたの気持ちはどうなのよ。お兄様を好きなの？」

顔を上げると、公主が真剣な顔をしている。その視線が襟元に移動して注がれ、凪は吸われて淫らに赤くなった痕が見えていることに気付いた。

「！」

慌ててばっと襟を詰め直す。公主は赤面した凪をじっと見て言う。

「本気なわけね」

「……はい」

けれど、確かにこれで天焔に子を得る望みが消えてしまう。申し訳ないことだと謝りたかったが、公主に詫びる言葉は禁止だ。

「どうぞ、お許しください」

「私が許す筋合いじゃないわよ」

ふう、と公主は大きくため息をついた。

「私も、お兄様のおかげで好き勝手に生きていられるのだから、あなたに文句を言える立場じゃないわ」

どういうことだろう。首を傾げると、公主は近づいてきた猫を膝に乗せながら言う。

「お兄様がのらりくらりとご婚儀の話を躱《かわ》してくださっていたから、私もそれを理由にこの歳まで縁談を断り続けてこられたけど、もう十八よ。本当ならとっくにどこかに嫁がされているわ」

誰かの妻になるつもりはないのだと言う。

「医者になりたいのよ。毎日いろんな博士を呼んで進講を受けてるけど、まだまだ学び足りないわ」

「お医者様……ですか……」

公主が医師に、など可能なのだろうか。驚いていると、公主は扇をかざしてふんと笑う。

「男のあなたが后になるのよ。公主が医者になって何が悪いの？」

「は、はあ」

「……本当は、あなたに会いに行ったのも、あなたが華翡族って聞いたからよ」

公主は真面目な顔をしていた。

「勿論、猫の心配もあったわ。お兄様に限って悪い虫はつかないだろうと思ったけれど、卑しい者が取り入っているようだったら、化けの皮をはいでやるとも思ったし……でも、もし噂通り華翡族の娘だったら、どうにかうちで引き取れないかと思ってたの」

「……そう……でしたか」

薬草知識を学びたいと公主は言う。

「決して猫のためだけじゃないの。牛も馬も人も、寿命で亡くなるのなら仕方がない。でも、病で亡くなるのは減らすことができるはずだわ」

——真剣なんだ……。

決して、お姫様の気まぐれではなく、公主は本気で医者になろうとしているらしかった。

「あなた、三十年ほど前にこの国でどれだけの民が死んだか知っていて？」

「三十年前……黒死病《こくしびょう》でございますね」

自分たちが生まれるずっと前に、恐ろしい疫病が流行った。多くの村で人口が半分近くまで減り、全滅した地域もある。そのせいで、薬草の需要がとても増えた。華翡族の繁栄にはこの疫病も影響しているのだと、長老たちが話していたことを覚えている。公主は頷いた。

「疫病で人口が減ってから、弱って崩れた国もたくさんあるわ。あれがなかったら、今とは違う勢力図ができていたかもしれない」

公主は、そういう病を治せる医者になりたいのだと言う。

「私は帝にはなれない。女だからというのもあるけれど、そもそもそういうのは向いてないの。けれど、私もこの国の公主よ。何かの形で北窯を支えられる存在になりたい」

だから、医術をもって民を守りたいのだと言う。

「最終的に、私が街中に出ていって医術を行うというのじゃなくてもかまわないわ。私にはお金と権力があるもの。医療省を作って、私の代わりに全国に医者を派遣するのでもいい。でも、どちらにしても私には知識が必要だし、実現するためには、どこかの国へ嫁に行ってる暇はないのよ」

「公主様……」

まっすぐで、義に篤くて強いのは、やはり天焔と兄妹なのだなと実感させる。凪は微笑んで深く拝礼した。

「私は一族で正式な教育を受けておりません。ですから薬師とも認められておりませんが、もし、私でお役に立つことがありましたら、なんなりとお申し付けください」

知っている限りの知識を伝える、と言うと、公主はとても嬉しそうに手を取ってくれた。

公主の宮からの帰り道、凪は預かってもらっていた虎目を抱きながら考え込んでいた。

――私は……。

公主は、はっきりした目的をもって生きている。

《何かの形で北窯を支えられる存在になりたい……》

帝の娘として生まれ、何不自由なく一生を過ごせる身分だ。どこに嫁ぐにしても、北窯の公主という身分は強いだろう。けれど、彼女が望むのは着飾って歌い遊ぶ人生ではないのだ。

振り返って、自分はどうだろうと思う。

「……」

后とされた。これで、望み通り天焔の傍にいられる。自分にはもったいないほどの場所で暮らし、豪華な着物を着せられ、女官たちに傅かれて天焔の帰りを待つ。

――でも……。

それは望む生き方だろうか。

「にゃー」

「どう思う？　とらめ」

「にゃーう」

預かってもらっている間に、また少し大きくなった虎目が肩に前足を乗せる。凪は虎目を抱きながら、水鏡宮に戻る橋で足を止めた。

心地よい風が額を撫でていく。ここで、天焔に初めて愛を告げられた。

——天焔様……。

天焔が愛してくれる半分ほども返せていないけれど、自分の想いを伝え、天焔を愛し続ける。そして、自分は天焔とともに歩いていきたい。

——ただ、待つのではなく……。

「……」

天焔の傍に来て、まだ幾月も経っていない。けれど、決して大国だからといって安泰で、簡単に維持できるものではないと見ていてもわかる。

小さな国だけが侵略に怯えるわけではなく、大きな国もまた、わずかな綻びから国が瓦解する危険を孕んでいる。小さな国が狙われるように、大国もまた狙われているのだ。

天焔は巨大な北窯を維持し、守るために動いている。三十の属国を抱えるこの国が崩れたら、壮絶な国取り合戦になるだろう。維持することも、諸国の安定に繋がるのだ。

ならば、自分もその仕事を手伝いたい。

鳴洛のように、どんな時も天焔の傍にいられて、決して足手まといにならない存在になりたい。

はっきりと望む未来がわかると、気持ちがまっすぐそこに向かう。

「とらめ、帰ろう！」

「んなー」

迷いはなかった。生きたい方向に向かって、凪は優雅な裾をひるがえして走った。

◆◆◆

夜——。

喬丹から受けた被害の状況を取りまとめた報告を聞き終え、形だけ宴に顔を出して、天焔は宮への帰途についた。

今日も月が綺麗だ。

「……お顔に出ておられますよ」

「何がだ」

しれっと聞くと、鳴洛が渋い顔をする。

「そんなに、お戻りになるのが嬉しそうだと複雑ですね」

早く帰りたくて、仕事を猛スピードで片づけた。仕事をないがしろにしたつもりはないが、鳴洛には見透かされたらしい。

あまり、プライベートに口を差し挟まない鳴洛が言う。

「殿下がこんなに情熱家だとは思いませんでした」

「がっかりしたか？」

色恋沙汰には目もくれず、国事に勤《いそ》しむ為政者を望んでいるとしたら落胆しただろう。しかし、鳴洛は首を横に振る。

「自分の思い込みを反省しております」

鳴洛がぼそりと呟く。

「今のほうが、ずっと殿下〝らしい〟……」

いつかの苦言のことを指しているらしい。天焔は律儀な側近に笑う。

その時、宮の入り口で見慣れない仕官服を着た凪の姿があって、二人とも思わず足を止めた。

「おかえりなさいませ」

「……凪」

凪には、西域から輸入した装束を届けさせたはずだ。けれど、鳴洛と同じような膝丈までの上着に長靴を履き、照れくさそうに笑っている。

凪は、両手で剣を差し出し、鳴洛を見て言う。

「あの……剣技の手ほどきをしていただきたいのです」

「え……」

「私も、鳴洛様のように殿下をお護《まも》りする役目になりたくて……」

滅多に驚かない鳴洛が、戸惑って視線を寄越す。にこにこしている凪は、まるで気付いていないようだ。

どうしたのだろう。あの装束が気に入らなかっただろうか。天焔は近づいてその手から剣を取った。

「何かあったのか？」

女官に嫌がらせでもされたのだろうか。身の危険があったのだろうか。でも、それにしては凪の頬が紅潮している。

「いえ。何もありません。でも、私はお后にしていただくより、天焔様のお傍でお役に立ちたいのです」

恐る恐る望みを口にしていた凪とは別人のようだ。凪は瞳をきらきらさせて見上げてくる。

「お傍にいさせてください。危ないからと後方の部隊に置いていただいたり、宮でお留守番をするのではなく、どんな時も天焔様のお傍にいられるように、剣を持ちたいのです」

「……凪……」

「それが、私が望む生き方なのです」

胸がときめく。

どんな美しい衣を纏うより、今の凪が一番綺麗だ。

「あの……でも……あの、お、お后でも、いたいのですが」

そっと手が伸ばされ、袖をきゅっと握られる。伴侶であり続けたいという意志を、はにかみながら示してくれるのが、心を疼かせた。

その手を握り、ふわりと頬に唇で触れる。

「勿論、そうでなくては困る」

「天焔様……」

凪が望んでくれる生き方が、手に入れたその時よりもずっと自分を幸せにした。

ともに生きてくれる。それが嬉しい。

天焔は鳴洛を振り返った。

「と、いうことだ。悪いが、わが后に剣の稽古をつけてくれ」

「かしこまりました」

「ついでに、部下としての教育も再開だ」

一瞬、鳴洛が目を見開き、凪の手にぎゅっと力が込められる。

「かしこまりました。謹んで……」

「よろしくお願いします！」

——ああ、綺麗だ……。

ひっそりと咲いていた野の花が、月下に凛《りん》と頭をもたげて輝くようだ。

凪が己の意志を持って動きはじめた時、きっとどんな大輪の花より美しいだろうと思っていた。想像通り、いやそれ以上のきらめきを見せた凪を、天焔は大切に腕に抱えた。

「さあ、部屋に戻ろう。明日の稽古には私も参加する」

「はい！」

水面にはいつでも心地よく風が吹き抜けている。甘いマグノリア《泰山木》の香りが二人を包んだ。

あとがき

お読みいただいて、ありがとうございました。

今回の舞台は中華風ファンタジーです。でも、なんとなくのモデルはあります。

とはいえ、北窯も花南も実在の国ではありません（しつこくてすみません笑）雰囲気だけご堪能くださいませ。

ちなみに、その頃の（ってどの頃よ）沐浴といえば、ほぼ行水で、冬場のみお湯を差していたようです。温泉ブームになるのもわかりますね。ヨーロッパは紀元前から大浴場があったのに、ところ変われば…と不思議に思いました。あと、作中に牛乳の話が出てきますが、中国の大部分では牛乳を飲む習慣はありませんでした。もっぱら、使役用だったようです。でも、大陸伝いに日本にもチーズ（醍醐）の作り方が伝播してきてますから、西域のミルクやチーズについても、ひと通り知られていたのだろうと思います（どうやら、乳糖が体質的に合わない人が多いのだという説もあり）。

円《まる》之《の》屋《や》穂積《ほづみ》先生には、すごいかっこいい天焔《てんえん》と美しい凪《なぎ》を描いていただきました！　先生本当にありがとうございます。お衣装もすごい綺麗で感激です！

担当さまも、今回も本当にありがとうございました！　放浪生活（という名の住所不定）のために、お手数をおかけしてしまってすみません。ご配慮いただいたおかげで助かりました。

中華系は、なにしろ時代も場所も広大なので、どこを切るかですごく世界が変わるのが楽しくていいですね。中華圏が広いだけでなく、シルクロードの交易を通じてヨーロッパまでのさまざまな国や都が関わっているので、エキゾチックで魅力的な場所がいっぱいあります。

交易拠点として栄えたパルミラやナバテア王国のペトラ、ヘレニズム諸国の一つバクトリアなど、中国とその周辺も、機会があったら書いてみたいなあと思っています。

本書に限らず、ご感想などをお聞かせいただけたら嬉しいです！　ＷＥＢでの口コミやご感想は、本当にありがたいです（それを見て、新たに読んでくださる方もいるので）。

あと、宣伝で恐縮ですが、既刊の本の続編同人誌は、**Amazon kindle**で読むことができます。「私は紙派なので、電子版はちょっと」という方には、少し割高になってしまうので恐縮なんですが、**Amazon**ペーパーバックで同じものの紙版も買えます（なんだか、**Amazon**の回し者みたいですね笑）。

また、次の本でお目にかかれますように。

深月《みつき》拝

花の妖精、恋と祝歌の鐘が鳴る《はなのようせい、こいとしゅくかのかねがなる》

深月ハルカ
イラスト：サマミヤアカザ

価格 957 円（本体 870 円+税 10%）

ロディア国の王城にある美しい薔薇の庭園。その庭には“薔薇城”が存在し、花の妖精である薔薇王と二人の王女、末王子のルキアが住んでいた。ルキアは次期薔薇王となる立場だが、臆病で気が小さく、姉たちに比べて妖精としての力も弱かった。そんなある日、ルキアは結界外の人間が住むロディア王城の庭に出てしまう。恐怖で手のひらサイズに縮んでしまったルキアを助けてくれたのは、第一王子のノヴァリスと第二王子のグランドだった。弟のグランドは勇ましいが威圧的で、気弱なルキアは萎縮しまともに話すこともできなかったが、未熟な自分から目を逸らすルキアを叱咤激励してくれて…？

リンクスロマンス大好評発売中

黄金の皇帝と白銀の皇妃の純愛《きんのこうていとしろがねのこうひのじゅんあい》

深月ハルカ
イラスト：笠井あゆみ

価格 957 円（本体 870 円+税 10%）

大帝国メフ・ルダードで皇位継承者の立場にある皇子・ニルファには、空軍に所属し、同じく継承権を持つイシュクという幼馴染みがいた。継承問題から不仲が囁かれている二人だが、実際は友好的な関係を築いており、何よりニルファは自身でさえ気づいていない恋心をイシュクへ抱いていた。そんなニルファの運命が、皇帝の崩御とイシュクの即位によって大きく変わる。ニルファは何者かの手により、皇帝の世継ぎを身籠るための「泉の間」の水に浸らされてしまったのだ。その泉の水には受胎を高める効果があり、その影響でニルファは強い発情（ヒート）状態に入ってしまい…？

この本を読んでの
ご意見・ご感想を
お寄せ下さい。

〒151-0051
東京都渋谷区千駄ヶ谷4-9-7
(株)幻冬舎コミックス　リンクス編集部
「深《み》月《つき》ハルカ先生」係／「円《まる》之《の》屋《や》穂《ほ》積《づみ》先生」係

リンクス ロマンス

軍神皇子と翡翠の少年、焔の寵愛

2022年7月31日　第1刷発行

著者……………深《み》月《つき》ハルカ
発行人…………石原正康
発行元…………株式会社　幻冬舎コミックス
〒151-0051　東京都渋谷区千駄ヶ谷4-9-7
TEL 03-5411-6431（編集）
発売元…………株式会社　幻冬舎
〒151-0051　東京都渋谷区千駄ヶ谷4-9-7
TEL 03-5411-6222 (営業)
振替00120-8-767643
印刷・製本所…株式会社　光邦
検印廃止

ISBN978-4-344-85075-0 C0293
Printed in Japan

幻冬舎コミックスホームページ　https://www.gentosha-comics.net